Geronimo Stilton

奇鼠歷險記 ⑥

深海水晶騎士

新雅文化事業有限公司

www.sunya.com.hk

夢想國的伙伴團

「伙伴」這個詞，含義是「分享同一塊麵包的人」，意味是能互相幫助和共同奮鬥的朋友。伙伴的力量，就來自於這裏！

謝利連摩・史提頓

他是《鼠民公報》的經營者，這可是老鼠島最暢銷的報紙哦！他在夢想國，我經歷了奇妙的旅行！

水仙女

她是仙女魔法學院的負責人。她樣子甜美，個性堅毅，受到學生們的尊敬。

藍龍

他是一位勇敢的騎士，剛毅堅強，喜歡幫助弱小，從不畏懼與邪惡及強權鬥爭。

梅麗莎

　　她是梅力思國王的女兒。這位美麗少女的背後隱藏着一個秘密……她雖然外表溫柔，但內心堅強。

尼迪亞

　　她是一枝個性十足的鵝毛筆。性格可愛有活力。她來自於古老的鵝毛筆家族，這個家族只會書寫真相！

歌路拉

　　他是一個金色的豎琴。每天都要唱個不停：高興的時候，悲傷的時候，以及在任何不合適的時候！

指南鶯

　　他長着金黃色的羽毛，這在鳥兒中十分少見。他記憶力驚人，是一位出色的嚮導。

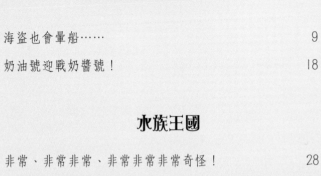

目錄

魔法玫瑰林

維米拉沼澤

光輝峯

回家了……

你也想成為
尋找快樂的伙伴團成員嗎？
請在這裏貼上你的照片，
寫上你的名字吧！

請貼上你的照片。

我的名字是...

海盜也會暈船……

清晨……我知道你們不會相信……可這天的清晨，真的和其他

無數個 清晨沒有 什麼分別。

與以往一樣，我起牀吃早餐。照常地，我跨出大門走向辦公室。如常地，我在開始工作時會啃一塊牛角麵包，再喝一杯加奶咖啡，來尋找新書的靈感……

哦，對了，不好意思，我還沒有自我介紹呢！

我叫史提頓，**謝利連摩·史提頓**！我經營着《鼠民公報》——老鼠島上最有名氣的報紙。

總之，就如剛才我交代過的，那天的清晨十分平靜。我把自己關在辦公室裏，努力地撰寫新書。可耳邊呼呼的風聲，不禁讓我分心：大風猛烈地**拍打**着窗戶，至於窗外，東倒西歪的樹枝啪啪地敲打着玻璃。我的視線伸延望向遠方，遠方的遠方，落在妙鼠城港口碧藍的海天交接處。我掏出**望遠鏡**，好奇地凝望着遠處的大海。

多麼可怕的巨浪啊！排山倒海地一個接着一個

聽説，現在海上風暴的強度已經到了七級！

我知道，每年的這天下午，妙鼠島都會在海上進行最為重要的年度盛事——家庭盃帆船大獎賽。為了這個獎盃，我爺爺的「奶油號」大帆船會和薩

麗·尖刻鼠的「奶醬號」大帆船拼盡全力地爭個不休。

呼呼的風聲讓我有些擔心：「今年參加這個比賽的選手們可要倒霉了。這裏從沒遇過有這麼可怕的天氣！**幸好**我還安然無恙地坐在辦公室裏！」

正在心裏暗暗**慶幸**，就在這時，電話鈴聲突然鈴鈴大響：

叮**鈴鈴鈴鈴鈴鈴鈴鈴鈴鈴**

我連忙拿起電話，從裏面傳來了一把女鼠尖利

的嗓音：「聽好了，水手，你的**腳爪**是多少號？我必須知道尺碼，才能幫你訂造鞋子……」

我疑惑地問：「水手？什麼意思？呃，我穿的是42號半，可你是誰呀？」

「那你身高多少？水手，我還要為你準備**防水**外套……」

「呃，我有三條半尾巴那麼高，可你是誰，為什麼叫我做**水手**？」

「你有沒有對某種東西過敏？比如特殊的麵粉或是什麼的？你會不會全身**發癢**，撓來撓去……聽着，水手，你必須如實回答，現在大風已經……」

「我才不會撓來撓去，我的意思是：我可沒有什麼過敏症，但你究竟是誰？為什麼要一直和我談論水手和大風的話題呢？」

電話裏的聲音變得更加**急促**了：「這麼說，船還拴在碼頭沒有起錨嗎？你等着，我們很快

就會派速遞員過來，保證像龍捲風一樣
迅速交貨！你只要乘風航行，小心別翻
船就可以了！總之，你別擔心，我還特別
在包裹裏放了一個 ⓢⓖⓣ 救 生 圈，我猜你應該會用
得到它！」電話裏的聲音像放連珠炮一樣，不容我
分辯，這一切簡直是莫名其妙！於是，我唯有大聲
問道：「你到底是誰？我是在和誰説話？」

那把聲音笑了起來：「這裏是『滿帆者』戶外
運動用品商店，預祝全體水手們一切順利……總
之，祝你好運！我也不知道誰落的訂單，竟然讓你
在這種天氣下出海，就連一個身經百戰的海盜都會

拴在碼頭：船員用繩纜或船錨把船固定在碼頭。
起錨：錨是用鐵鏈連在船上，拋在海底，可以使船身停穩。
　　　　船員收起固定在海中的船錨，離岸出海，稱為起錨。
乘風航行：船長會順着風勢航行，期間會因應風向變換船舵
　　　　　　方向。
救生圈：掛在岸邊或船邊用作救生用途的工具，可令遇溺者
　　　　　浮在水面，等待救援。
船員：指在船上的工作人員，一般來說不包括船長和大副等
　　　　領導者。

暈船！願上帝保佑你！」

我呆呆地站着，驚訝得連**鬍子**都瑟瑟發抖了。沒過一會兒，辦公室的門就被敲得咚咚響。我打開門，一個身穿**水手服裝**的送貨員站在門口，將一堆東西重重地放在我的寫字枱上，包括一件航海用的防水外套、各種尺寸的**繩索**、帆布、帆船用的舵，當然，還有一個橙色的救生圈！我還沒回過神來，我的手機便「鈴鈴」的響了起來，原來是爺爺坦克鼠打過來的。沒等他開始說話，我便急匆匆地說……

「不好意思，爺爺，我沒空和你講話，待會我再打給你！」

喂……

呼哧……

我剛放下電話，辦公室的門又被推開了，只見《鼠民公報》**體育**專欄記者斐戈匆匆地走了進來。

他向我走過來，一把摟住我，激動又不捨地流下眼淚。「謝利連摩！究竟為什麼？如果是你早點告訴我……我一定會通知你，我一定會提醒你，總之：我一定會**救**你！」

我奇怪地掙脫他的懷抱：「不好意思，可我有什麼需要你救啊？」

他用深情的雙眼凝視着我：「什麼，難道你不知道嗎？難道**他**沒有告訴你嗎？」

這時，我的手機再次震動起來，原來又是爺爺打來的，可我沒空和他聊天：「**不好意思，爺**

謝利連摩，究竟為什麼？

15

爺，我沒空和你講話，待會我再打給你！」

就在這時，辦公室的門又被推開了，我的麗萍姑媽一把鼻涕一把淚地走進來：「謝利連摩，我可憐的姪子！為什麼你這麼苦命呢？我也和**他**說過了，你知道姑媽我一直都會為你說好話，可你也知道他的性格，**他**還和我說這次該輪到你了……」

就在這時，我的手機再再次震動起來，原來又是爺爺。可我現在的腦海裏一片混亂，我焦急地說：「**不好意思，爺爺，我沒空和你講話，待會我再打給你！**」

我剛掛斷電話，我的朋友殯儀館老闆謝拉圖就衝了進來：「謝利連摩，你的**葬禮**就安心地交給我去辦吧，我一定會令你的葬禮顯得**氣派非凡**！不過，你可要先回答

我，動身前立好遺囑了嗎？」

　　這時，我的手機再再再次震動起來，居然還是爺爺。我不耐煩地說：**「不好意思，爺爺，我沒空和你講話，待會我再打給你！」**

　　我剛說完，整個編輯部的同事齊齊衝進房間，突然一下子向我湧來：「史提頓先生！你可不要拋下我們不管啊！」

　　我終於感覺到事情的嚴重性，高聲叫喚：

「拜託，你們快告訴我這到底是怎麼一回事？」

　　直至我的秘書打開了電視機，我終於明白了……

史提頓先生！你可不要拋下我們不管啊！

17

奶油號迎戰奶醬號！

電視上出現了新聞報道員的面孔，只見他鄭重地宣布：「現在報道重點新聞！著名的作家謝利連摩·史提頓將會以船長的身分參加妙鼠城的年度盛會——家庭盃帆船大獎賽！」

我一下子就呆住了，失神地嚷起來：

「什麼什麼什麼？我？」

我的朋友們齊聲說：「對呀，就是你！」

新聞報道員繼續饒舌地說着：「根據八卦消息，今年『奶油號』的全體船員出海前吃了變壞了的乳酪，因此無法參賽！可『奶油號』的船主——坦克鼠先生，也就是《鼠民公報》的創始鼠，莊嚴地宣布他的船仍將會繼續參賽，而擔任船長一職的則是……他的乖孫：謝利連摩·史提頓！」

聽到這一消息，我頓時口吐白沫，昏了過去。

在迷迷糊糊中，我感覺有誰將一桶刺骨的冰水從頭到尾地潑在我的身上。

不一會，我喃喃地說：「奇怪？怎麼了？是誰呀？」

我漸漸地恢復了意識，隨即發現三件古怪的事情：

1　我舔了一下留在鬍鬚上的水，發現又鹹又苦。

2　我發現自己身上穿着黃色的防水外套。

3　我發現身下的地板輕輕地搖晃着，而爺爺就提

着一個空桶站在我的面前。

爺爺關心地問：「還想再來一桶嗎，乖孫？」

我蹭地一下從地板上跳起來：「謝謝，一桶就夠了！」

「好的，那現在該出發了……我是說，你該**出發**了。」

就在這時，幾個身影從爺爺的身後冒出來，原來是我的妹妹菲、表弟賴皮，還有我的姪子班哲文，他們齊聲為我加油：「提起勁來，啫喱，我們要出發啦！比賽馬上就要開始了，我們會全力協助你的！」

這時，我才意識到為什麼腳下的地板會**搖晃**。原來我已經在「奶油號」帆船上了，現在船正停泊在妙鼠城的碼頭！

我忙着打算溜下船逃走，可不小心被船上的纜繩絆了一跤。還沒等我爬起來，爺爺便以超越他年紀的閃電般速度從地上**彈**起來，一把撤掉了繫在碼頭的繩索，再拉起船錨！這下我逃跑的最後希望也落空了，只能眼睜睜地看着船很快地駛離碼頭。

菲還在旁邊刺激我：「還不快快**掌舵**去，你到

底還是不是個船長？」

只聽見號令聲一響，比賽正式開始了。菲趕忙跑去升起船帆，而我的手爪緊緊握住船舵，但感覺自己根本不像個船長……倒像塊沒用的**抹布**！

「奶油號」緩緩地駛離港口，我開始感受到一陣劇烈的**暈眩**。

我正想逃落船艙，到房間裏休息片刻，菲卻焦急不安地說：「快看那邊，『奶醬號』已經超越我們了，我們必須迎頭趕上！」

賴皮從甲板下方激動地叫起來：

「**讓他們嘗嘗我們的厲害！**」

看來在這艘船上，唯一沒有鬥志的就是我了。

狂風颳得越來越**猛**，掀起的巨浪一個比一個**高**，而我的胃裏也漸漸地開始

翻江倒海!

船上的收音機播出了天氣報告:海上風暴的強度已經從七級升到十級!

看來我們遇上了本世紀以來最強的**風暴**!

我大叫道:「我們快**回航**吧!」

可菲固執地拒絕:「不!我想贏得比賽!」

賴皮也從甲板下方揮舞着長勺:「我也想贏得比賽!你們要加油,我現就去給你們熬一鍋**熱湯**!」

班哲文在我身邊,用小手爪將一根繩子繫到身上,以防自己摔出甲板。就連這個小傢伙也固執地

嚷着：「我們不能放棄，家庭盃的冠軍在**等着**我們呢！」

就在這時，意外發生了！

眼看着一個幾米高的**巨浪**向我們狂襲過來，一瞬間就撲打在船帆上。船帆頃刻間被擊倒了，帆桿狠狠地砸在了我的頭上……

砰砰！

轉眼間，冰冷刺骨的海水很快地將我包圍，我兩眼一片**漆黑**。不知過了多久，一個巨大的泡泡出現在我的面前，照射出**七彩光輝**……

水族王國

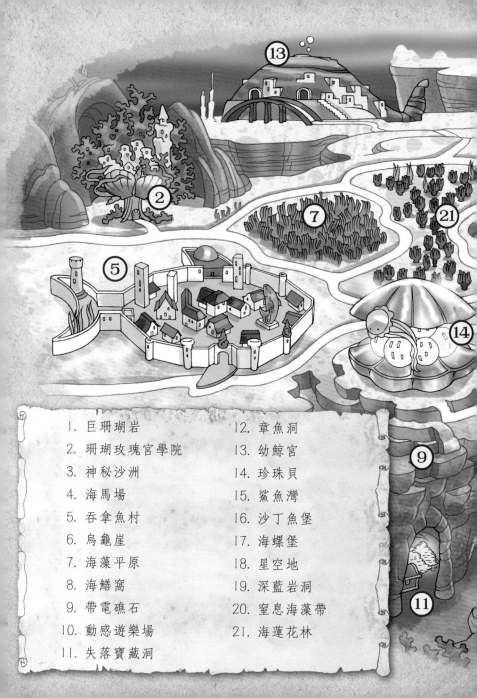

非常、非常非常、非常非常非常奇怪！

透過那個奇怪的巨型泡泡，我發現自己站在海底，四周一片寂靜。

我**好奇**地四周張望着。突然，感覺有什麼東西輕輕拉着我的衣襟。我回過頭，看到一條身材**圓鼓鼓**、長相奇怪的小魚游到我的面前。這倒也沒什麼奇怪，畢竟我現在在海底嘛。可突然那條魚開始講話……確切地說，是在命令我：「喂，就是你，到這邊來！」

我的眼睛**睜**得滾圓。天哪，我這輩子還沒看過有哪條魚會講話呢！

那條魚加重了語氣：「我說的就是你，跟我來！你還慢吞吞地呆着做什麼，難道是你要等到鰭上長出海藻來嗎？」

我使勁眨了眨眼睛，心想自己一定是**看錯**了。可那條魚還在催促我：「聽着，你是想快快和

28

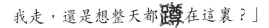
我走，還是想整天都**蹲**在這裏？」

　　我吃驚地張大嘴巴，答道：「可我連你是誰都不知道，為什麼就要跟你走呢？而且……」

　　突然，我意識到三件事情：

1　我正在和一條魚**對話**……

2　我已經在水底至少逗留了**十**分鐘，但是……

3　我居然能夠在水底自由**呼吸**！！！

　　小圓魚氣鼓鼓地游到我鼻尖前方一寸的距離，

然後朝我大聲喝道：「我叫**巴比洛**，現在你可以走了嗎？」

「我們沒時間啦，她正在四處找你呢！」

「她是誰？」

「她叫維米拉，火眼祖先，是夢想國的**第一位女巫……**」

「可我只聽過斯蒂亞・女巫國的皇后，每次製造麻煩的不都是她嗎？」

「當然不是，維米拉比斯蒂亞**邪惡**多了！她才

是女巫中的女巫！現在你還不快走，你知道自己反應有多**遲鈍**嗎？」

　　還沒等我回答，小圓魚的眼睛已經瞪得滾圓，急速地命令我：**「就在你背後後後後！**
小心心心心！」

　　我轉過身，看到一片可怕的黑影：是一條**大白鯊**！還有六條鯊魚緊隨其後。

　　巴比洛靈活地扭動着**背鰭**，「嗖」地一下就竄到了一塊礁石後面，我趕忙跟上他，慌張地嚷着：

「咕嚕嚕，等等我！」

我們剛藏身好，鯊魚們就成羣結隊地游過來
了⋯⋯我甚至可以看得到他們目露**兇光**的表情，
和那**尖利**的牙齒，他們一口就能把我吞進肚子裏！
那一瞬間，崩潰的我覺得一切都完了⋯⋯可當我再
睜開眼時，發現他們已經游遠了！

巴比洛**顫巍巍**地用尾鰭指了指鯊魚遠去的方
向：「我早就警告過你：他們正在找你。可你卻把
我的話當耳邊風，剛才那羣傢伙就是她派來的！」

聽了這話，我嚇得臉都**變白**了：「可我和這一
切有什麼關係？」

「關係可大呢！這一切全因為你。聽說你即將
改寫古代水晶預言，因此她才要到處找你：就是為了
剝你的**皮**（誰叫你是一隻老鼠？），阻止你實現那
個古代的寓言。好了，現在不是提問的時候。我要帶
你去珊瑚玫瑰宮學院——仙女和小精靈住的地方。
等我們到了那裏，**水仙女**便會把事情的始末告訴
你。」

此刻，我的腦子已經亂糟糟，只好乖乖地跟着
巴比洛前往宮殿。

珊瑚玫瑰宮學院

神秘的珊瑚玫瑰宮學院

　　宮殿入口處站着一位**紅**髮垂肩的仙女，她圍着我們輕輕地打轉，彷彿海浪懷抱中的一片嬌柔的雲彩。

　　小圓魚在我耳邊輕輕地嘀咕着：「這位就是水仙女……」

　　那位仙女**微笑着**迎接我們的到來：「歡迎來

水仙女

　　她管理着珊瑚玫瑰宮學院——仙女和精靈的學校。她性格溫柔，意志堅定，學生們都很尊重她呢！她時刻都在關心着學校裏的一切，不然，調皮的學生們一定會不時搞惡作劇。

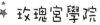

到小仙女和精靈學習的地方——珊瑚玫瑰宮學院。這裏是小仙女和精靈們學習神秘**魔法**的地方！」

為了給水仙女留下良好印象，我滿心尊敬地說：「親愛的水仙女大人，本鼠十分榮幸能夠為你效勞！」

話還未說完，我就被從水底漂起的貝殼絆了一跤，差點摔個大筋斗。小圓魚在旁邊*笑得*前仰後翻，就連表情莊重的水仙女也忍不住偷偷笑了起來。這時，我蜷曲着身子，活像一隻大蝦……幸好水仙女將我從**尷尬**中解救出來。她轉身示意我*跟隨她*。

巴比洛

彈球王朝的後代。巴比洛是一條可愛但多嘴的小河豚，他不太擅長游泳，可聰明的他每次都能巧妙地躲開掠食者的攻擊。他可是水仙女的得力助手啊！

「跟我來，我們需要單獨談談。」

水仙女帶着我們在**蜘蛛網**般彎彎曲曲的迷宮裏穿梭前行，小圓魚嘴裏一刻也不停，介紹着一路上我看到的各種等級和族羣的仙女和精靈們。她們也在**觀察**着我，互相交頭接耳、調皮地盯着我。

「他是誰？看上去好像**正直無畏的騎士***啊……」

*在我之前幾次遊歷夢想國時，我獲得了「正直無畏的騎士」的稱號。

「可是……聽說他是從**很遠的**地方來的喲……」

「誰也不知道他叫什麼**名字**……」

一個小精靈低聲嘀咕着：「聽說他的到來會實現古老的水晶預言！」

另一個膽子大些的小仙女，索性衝到我的面前，問：「打擾了，**神秘**的外來客人，我能知道

你的名字嗎？」

還沒等我回答，巴比洛猛地用鰭捂住了我的嘴巴。他支吾着解釋：「他⋯⋯他是我的大表哥！」

這下所有的小仙女和精靈都忍不住哈哈**大笑**起來，這怎麼可能呢？我明明是**一個老鼠**，而巴比洛是一條**小魚**。

關鍵時刻，善良的水仙女又幫我解圍，她沉靜地說：「多米泰拉，你剛才又浪費了一次練習沉默的機會。一位真正的仙女，應該學會只有在真正有需要展露**智慧**時才開口！」

可其他的小仙女和精靈仍在**調皮**地議論着我：

「他的鬍子長得真有品味，樣子也不賴。看上去真可愛，不知道他有沒有女朋友？或者還是個單身漢？」

聽到這些議論，我的臉漲得**通紅**的。要知道，我可是一個非常非常非常羞澀的老鼠喲，幸好水仙女

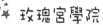

出來為我打圓場，她**高聲**地說：「各位小仙女和精靈，休息時間結束了，請大家儘快返回課室吧！」

小仙女們瞬間便像春天裏的微風一樣飄走了，在身後留下一排**小氣泡**和歡快的笑聲。

水仙女低聲示意着對我說：「請跟我來，快點！我知道你的真實身分是正直無畏的勇士……可從現在開始，為了你的安全，最好不要暴露你的身分！」

她沿着宮殿的長廊**疾走**，綢質衣服隨着她身體的節奏擺動着。她的手中拿着一支閃閃發光的**魔法棒**，散發出微弱的粉紅色光環。

玫瑰杖

這是水仙女專用的魔法棒。它是一件十分珍貴的寶物，並不僅僅是因為它攜帶的法力，也因為它能夠事先發出警告和建議……但這只會對珍惜它的人才有用喲！

41

古老的水晶預言

　　水仙女一會兒飄游向**右**，一會兒飄游向**左**，帶着我們在曲曲折折的水底裏穿梭前行，最後停在一個巨大的粉紅色珍珠**貝殼**前。她將魔法棒輕輕掠過珍珠貝殼，貝殼便緩緩張開一個小口。水仙女輕快地從開口處溜進去，並示意我們跟隨她。我們鑽進去後，仙女拍拍手，貝殼又緩緩合上了。

　　現在水仙女看上去輕鬆多了，她向我們莞爾一笑：

「歡迎來到我的秘密會客室！」

　　我打量着四周，驚訝得幾乎説不出話來：貝殼的內部**散發**出玫瑰色的光線，照得我暈眩了……

　　水仙女坐在用珍珠貝殼雕成的座椅上，又隨手遞給我一盤精緻的海藻**糕點**，她輕聲地對我説：

　　「正如我和你説的一樣，我了解你的性格，不過你

哇哦！

們這次的行程必須**全部保密**。我早就聽說過你的正義行為了：我知道你曾經多次擊退了女巫國邪惡的皇后斯蒂亞，並多次拯救了我們夢想國的皇后——芙勒迪娜。今天，我也正是以她的名義，來尋求你的幫助！」

我難以抑制激動的心情，我的小心臟怦怦地**亂跳**着：「我很榮幸被賦予這次神聖的使命，也非常願意再一次協助你們的皇后——仙女芙勒迪娜。」

水仙女點點頭，說：「太好了，可你知道嗎？這次你的**對手**是夢想國疆土上最為邪惡的生物——維米拉，她的眼睛能噴火，是女巫中的女巫！」

「呃，她真的如此**可怕嗎？**」

「沒錯，遺憾的是她並非如生俱來便如此邪惡：她曾經也有一顆善良的心。可自從她得到**火燄寶石**後，她就完全變了另一個樣子。我並不想和你多談她是如何變成今天的猙獰可怕，你只需要記住：她現在最想弄到手的，就是由海藍王國的

後裔阿祖守護的——**海藍寶石**，因為只要海藍寶石和火燄寶石結合在一起，它們就會釋放出無敵的**魔力**，籠罩夢想國的所有疆土。」

我焦急地叫起來：「這太**可怕**了，我們必須不惜一切代價去阻止她！」

「我們唯一可以阻止她的方法，就只有趕在她行動之前，實現古老的水晶預言。只要將兩塊**寶石**合二為一，就能重新召喚和平。」

這太可怕了！

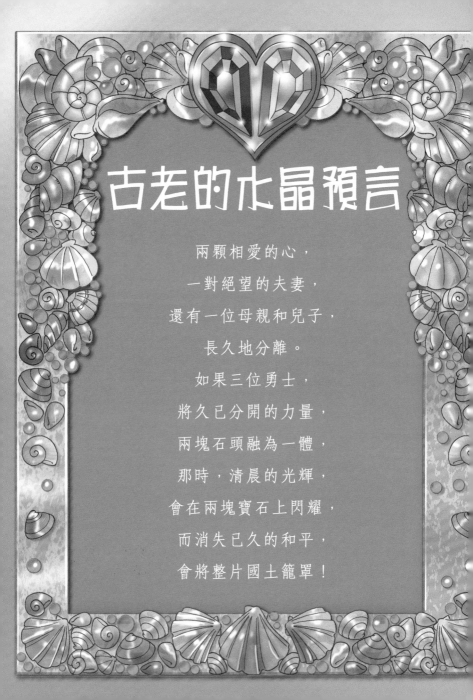

古老的水晶預言

兩顆相愛的心，

一對絕望的夫妻，

還有一位母親和兒子，

長久地分離。

如果三位勇士，

將久已分開的力量，

兩塊石頭融為一體，

那時，清晨的光輝，

會在兩塊寶石上閃耀，

而消失已久的和平，

會將整片國土籠罩！

我疑惑地問：「聽下去可不錯，但……我和古老的預言有什麼關係？總之，有什麼需要我做的呢？」

水仙女向我指點道：「與你當然有關係！因為你就是預言中暗示的三位**勇士**之一！

> 你們的任務，
> 就是將兩塊寶石合在一起，
> 讓晨光映照在它們的上面……

「為了達成這個目標，你們必須：

① 找到維米拉的城堡，溜進**陷阱之眼**內。

② 想辦法帶走維米拉手中的**火燄寶石**。

③ 將寶石帶到光輝峯上，阿祖就住在這座山上，守護着巨大的**海藍寶石**；

④ 想辦法將兩塊寶石**合**在一起……

「你們要立刻行動了，因為維米拉已經在**招兵買馬**，準備攻佔光輝峯，搶奪海藍寶石。」

我急忙問道：「呃，不管怎麼說，我曾經多次和女巫國的皇后斯蒂亞交手，我猜維米拉的功力也和她差不多，對吧？」

水仙女搖搖頭：「哦，當然不是這回事，她們根本不是屬於同一個級別！維米拉號稱女巫中的女巫，比**斯蒂亞**要可怕得多多多多多多多！」

我的面前又浮現出斯蒂亞的樣子（噩夢般的嘴臉，我敢向你們保證），此刻的我全身都在顫抖，而且快要嚇昏過去了。

好心的水仙女還在我的耳邊說個不停：「你看上去很蒼白，不舒服嗎？也許你還沒有明白：維米拉的眼睛彷彿可以噴**火**，她的呼吸就像火山的**濃煙**般灼熱，而她的心就如石頭般**堅硬**，據說每天早上她都要活剝老鼠的皮作為早餐？」

我不想讓自己看上去像個不停**打顫**的膽小鬼，只好硬着頭皮説：「沒……沒關係……」

　　水仙女欣慰地用力拍手：「不愧是個勇士！可你當真沒事嗎？你的臉⬚得像一張紙！」

　　我嘟囔着説：「我一切都很好，只不過因為吃了太多的海藻蛋糕……」

　　小圓魚在一旁拼命地**拍動**着短短的鰭，試圖將更多的氧氣撥進我的嘴裏，他一邊嘿嘿地笑，一邊在我的耳邊説：「在我的面前你就不用再裝了，我看你是被嚇得要命吧！」

哦唷……

仙女的禮物

為了給我打氣，水仙女高聲宣布道：「別忘記，勇士，你不會獨自戰鬥的。沿着你前進的路線中，會有其他兩位**英雄**加入，協助你一起完成這個歷險：這正是古老的水晶預言告訴我們的！不過你可要睜大眼睛：有些人也許是表面友好，其實並不是**真正的朋友**……」

我總算鬆了一口氣：「唉，好吧，總算還有個**好消息**！」

水仙女又細心地補充着說：「為了防止維米拉發現你，你們需要喬裝打扮。我已經為你設計了一個角色：**賣唱者！**」

小圓魚高興地拍動着鰭，隨後突然想起什麼，懷疑地問我：「可是……你會唱歌嗎？賣唱的需要有一副**好嗓子**，你有嗎？」

我嘟噥着嘴，説：「怎麼説呢，從某種角度上説，也許行也許不行，但是……總之……嗯……」

在水仙女秀麗的臉上，第一次顯現出擔憂的神色。

小圓魚在旁邊起哄：「來呀，唱兩首小曲聽聽！」

我清清嗓子，放開喉嚨高唱道：

「哆來咪發唆拉西！」

51

在我強大的噪音轟炸下，小圓魚趕忙用側鰭摀住耳朵，水仙女的臉都僵硬了，我沮喪地垂下頭。

水仙女好久才從我剛才的噪音裏恢復過來，她安慰地向我笑說：

「我有個好主意，跟我來！」

我們迅速而敏捷地穿過大廳和長廊，只見三道用**粉紅色珍珠**雕成的門出現在我們的面前。

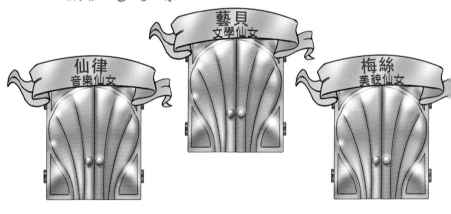

水仙女悄聲說道：「你們要面對很大的危險，因此，你們出發前將會收到仙女的**大**禮……」我點點頭，走上前，叩響第一道門，上面寫着：「仙律，音樂仙女。」

一把悅耳的聲音從門內唱道：

「請進來來來來來來！」

門打開了，我看到裏面坐着一位奇異的仙女，她彈着古鋼琴*。

只見她一身藍色的裝束，上面點綴了金色的音符，頭上還戴着一頂高高的帽子，帽尖處垂下透明的輕紗，同樣繡着金色的音符，房間裏到處都擠滿了樂器……她向我一邊微笑，一邊吟唱着：

「我能為你做什什什麼麼麼？」

水仙女歎了一口氣，説：「這位勇士本應該喬裝打扮成一名賣唱者，可惜他的嗓子……」

仙律
音樂仙女

她是音樂國的女神，掌管音律的皇后，小步舞曲的公主。仙律在珊瑚玫瑰宮學院裏擔任音樂教師。

*古鋼琴的構造和現在的鋼琴差不多，鋼琴背架上有一排鋼絲弦，運用手指彈擊琴鍵，從而帶動擊弦機上的小錘子敲擊琴弦，產生悦耳的聲音。

她轉身向着我，說：「來，隨便唱些什麼吧！」

　　我剛剛扯着嗓子唱了幾句，仙律就捂起耳朵，表情痛苦地尖叫起來：「求求你別唱了，現在我明白**問題**在哪兒了！」

　　她埋頭想了一會兒，開始在放在牆角的一堆樂器中挑選起來。最終她的眼睛鎖定在一個金色的**豎琴**上。她向那個豎琴低聲耳語幾句。只見豎琴上彷彿有看不見的手指在撥動，發出美妙的旋律：

　　「哆來咪發哆拉西！」

　　仙女滿意地向我解釋：「這個豎琴就是快樂的歌路拉。他會一路為你配音，你只需要擺擺嘴型，做出一副唱歌的樣子就可以了！」

這就是我從仙女手上收到的第一份禮物！

歌路拉

　　我發自內心地感謝她，說：「現在，沒有誰能發現我不是一個**真正的**賣唱者啦！」

　　水仙女走在我的前面，又敲了敲第二道門，上面的門牌上赫然刻着：「藝貝，文學仙女。」

　　那道門隨即打開了，裏面走來了一位頭髮宛如**墨水**一樣黑的仙女，她的髮髻上還插着一枝紅色的鵝毛筆。那位仙女穿着曳地的長裙，裙襬上布滿了**金色**的英文字母。

藝貝
文學仙女

　　她是掌管故事的女神，思想疆界的皇后，小說族的公主……她在珊瑚玫瑰宮學院中擔任文學教師……難怪她看上去十分莊重！

文學仙女請我坐在一個堆滿 **書本**、羊皮卷和紙莎草的房間裏。水仙女在她的耳邊低語了幾句，文學仙女便扭頭看着我，鄭重地說：「據我所知，先生，你也十分愛好 **文學**，和我一樣……」

我彎腰鞠了一躬，說：「沒錯，在我居住的遙遠國度裏，我每天都會讀書，也喜歡寫作……」

藝貝笑了笑說：「你馬上就要開始一段非凡的**旅程**了。因此，我想送你一枝非一般的**鵝毛筆**，來撰寫這段難忘的經歷。」

她打開了一道房門，說道：「我這裏有很多鵝毛筆，揀一枝你最喜歡的吧。」

所有的鵝毛筆都爭先恐後地表現着自己……

「揀我，揀我呀……」

跳跳蛋　咕咕馮　辛左拉　小不點　笑歡歡　尼迪亞

其中一枝鵝毛筆嚷得最積極，我**好奇**地問仙女：
「這枝筆叫什麼名字？」藝貝揚揚眉毛：「呃，這
枝鵝毛筆名叫尼迪亞，是鵝毛筆一個古老家族的後
代，這個家族歷來以只會書寫真相而聞名。」

　　我很**有興致**地說：「很好，那麼我就揀她
吧！」藝貝微微一笑後說：「這是一個很好的選
擇。不過你可要記住：尼迪亞只能寫，也只會寫事
情的**真相**。」

　　我答道：「謝謝，這樣對我來說是**最好**的！」

　　鵝毛筆激動地尖叫着：「你放心吧，我們一定
能夠相處愉快！」

這就是我從仙女手上收到的第二份禮物！

尼迪亞

緊接着，水仙女又敲敲第三道門，門牌上刻着：「梅絲，美貌仙女。」

　　門開了，裏面透出一陣陣濃郁的玫瑰**香氣**。一位貌美的仙女向我們走過來，她的步伐輕柔得彷彿在舞蹈般，充滿了**和諧**的美。她身披玫瑰色的輕紗，金色的秀髮編成髮辮，上面綴滿了芬芳的**玫瑰花苞**。

　　「歡迎你，先生！我最善長的就是魔法和**變身**：給我一點時間，我會讓大家都認不出你來。」

梅絲

　　她是掌管美貌和變身的仙女，生態部落的族長。她在珊瑚玫瑰宮學院中擔任化妝及變身課程的教師。

58

梅絲讓我站在一塊大鏡子前，上下打量了我一遍，嘴裏便開始喃喃地評論着：「不錯，我可以在你的頭上變出一頭**金髮**⋯⋯哦不行，那樣你看上去像個傻瓜。要不我幫你染成一身**紅毛**⋯⋯不行，那你和馬戲團的小丑便沒什麼兩樣！這樣吧，我幫你做一臉**大鬍子**⋯⋯」

　　接着，她揮舞着魔法棒，口中唸唸有詞：

　　　　鬍子鬍子長起來，
　　　　生長速度快快快！
　　　　又濃又密我最愛，
　　　　速速命你長起來！

　　我感覺下巴上**癢癢**的，當我再望着鏡子時，我簡直認不出自己！我的臉頰上竟冒出一撮濃密的鬍子，並一直垂到了地上，我驚恐地叫起來：「夠了！饒了我吧吧吧吧吧！！！」

梅絲又揮了揮魔法棒，**大鬍子**頓時消失了，緊接着兩撇搞笑的八字鬍子又生在了我鼻子的下方。梅絲嘴裏唸叨着：

八字鬍子最時髦，
命你快快生長好！

小圓魚在一旁笑個不停，說：
「這副模樣可真傻！」
仙女不服氣地繼續努力：

鬈毛頭髮也不錯，
快快長出勿蓋耳！

她的話音剛落，我的腦袋上布滿了一頭**鬈髮**，一直垂到肩膀上，看上去像個反叛青年。仙女尖叫道：

「不對不對，這個裝扮太糟糕了！」

梅絲把自己埋在一堆魔法書裏，過了好一會兒，她對我指指書上的其中一頁插圖，上面寫着：「賣唱藝人的喬裝打扮」。隨後她重新揮舞**魔法**

棒，口中唸着另一段咒語：

灰色長袍披上身，

喬裝打扮避敵人！

只見一條**灰色**長袍從天而降，穩穩地披在我的身上。梅絲又為我裝配了一個布袋，我趕忙將豎琴和鵝毛筆放在布袋中。

水仙女着說：「現在你們可以安心出發了。這次的旅程中你需要隱姓埋名，因此請允許我稱呼你……灰袍賣唱翁！」

這就是我從仙女手上收到的第三份禮物！

賣唱藝人的裝扮

學會辨別誰是真朋友！

不久，水仙女拍了拍手，一條黝黑的像牀單般扁平的魚，從不遠處游來。原來這是一條超大的**魔鬼魚**，他那龐大的身軀隨着水流起起伏伏，不一會就游到我們的面前，帶着鼻音說：

「我會聽從你的吩咐，水仙女！」

我小心地爬上了魔鬼魚大斗篷的背上，將韁繩套在他的鼻子上。

水仙女向我揮手道別：「你要記住：一直沿着大路行走，直到你抵達**光輝峯**！不要試圖抄捷徑，也不要把你的**秘密**身分告訴給任何陌生人，而且要學會辨別誰才是真正的朋友！衡量朋友是真是假，別只聽他說了什麼，而要看他做了什麼。」

我嘀咕道：「這些道理我都懂，我可不是個**笨**

蛋……」

　　水仙女微笑的臉上透出了一絲的傷感，說：「別對自己太有自信，灰袍賣唱翁…… *祝你一路平安！*」

　　魔鬼魚大斗篷馱着我，在高低起伏的水流中飛快地前進。

　　我望着身下這個奇怪的生物，想到未來旅程的

魔鬼魚大斗篷

　　他是一位貴族斗篷家族的後裔。他身形龐大，性格文靜，動作靈巧，他經常護送旅客從王國的一端游到另一端。水仙女十分信任他，常交給他一些重要的使命去完成，比如這次護送我謝利連摩……不對，應該是灰袍賣唱翁，前往陸地邊界。

再見！

艱險，心裏充滿了不安。

　　魔鬼魚大斗篷越游越上，直到我發現周圍的海水已經從**深藍色**轉為淺藍色，這才意識到：我們已經爬升到了岸邊的淺水區……

　　大斗篷小心地將我放在一塊大礁石上。

「祝你好運，灰袍賣唱翁！」

　　他向我友好地眨眨那向外突出的小眼睛，就一甩尾巴轉過身去，**消失**在浩瀚的波濤裏。

　　我凝望着他遠去的背影，心裏湧起了對奇幻水底世界的思念。誰會知道海浪下竟然藏着如此神秘

好累呀！

的王國呢!

　　不安的我逐漸地恢復了**平靜**，我深深地吸了一口氣，轉過頭去，不知道前方等待着我的將會是什麼。

　　只見前方有幾條小徑，我糊里糊塗地踏上其中一條布滿**樹木**的小路。不知過了多久，我腳下的路逐漸變得寬闊起來，原來我終於走到了一條鋪滿**灰色石子**的大路上，道路兩旁種滿了高大的榆樹。

　　一塊刻着夢想語的路牌佇立在路邊。*你們能看懂上面寫着什麼嗎？**

*請參見第 324 頁的夢想語詞典。

木板上刻着：*陷阱之眼*。這不正是我要前去的地方嗎？看來我選擇的路是正確的！我激動地加快了腳步，儘管我的頭髮都快被烈日*烤*着了，加上快樂的歌路拉在我身旁亂彈着不成調的曲子，簡直快把我*逼瘋*啦！

會説話的鵝毛筆──尼迪亞，試圖讓歌路拉安靜下來：

「噓噓噓噓噓！」

可豎琴繼續彈奏着小調，還抗議道：「我愛怎樣彈就怎樣彈！*歌路拉呀歌路拉拉拉*……」

我再也受不了這兩個吵鬧的傢伙了，我一把拿起他們，把他們都塞進了布袋裏。他們（*拚命卻是徒勞的*）掙扎了一番，並高聲譴責我的行為十分**粗魯**，可我就當什麼也沒聽到，現在我總算可以清靜下來，專心趕路！我在大太陽下走了整整一天。等到夜色降臨時，我的雙腿像綁上鉛塊一樣的沉重。

　　這時，我看到路邊又有一塊歪歪斜斜的 **路牌** 橫放在那裏，上面寫着「此路通往『倦行者酒店』。」

　　我想去酒店喝上一杯，可這樣一來，我就不得不離開寬闊的大路，踏上彎曲的岔路了。

　　這時，我的腦海中閃出了臨行前水仙女一再囑咐我的話：「你要記住：一直沿着大路行走……」

　　可我很快摒棄了顧慮，聳聳肩膀：「沒關係吧，反正我只是離開一會兒，總要找個地方歇歇腳嘛。明天一早，我就會返回大路！」

　　再說，那只是一間 **酒店**，而且是專門招待 **旅行人士** 的酒店（我就是那個旅行人士！），更何況，那裏特別招待的就是 **疲憊** 的旅客（我很疲憊，非常非常疲憊！）

　　這樣一想，那間酒店簡直是為我而存在的嘛！我想也不想便踏上了 **路牌** 指向的岔路……

倦行者酒店

　　當我拖着沉重的雙腳來到酒店門口時，太陽已經收起了最後一縷光芒。我站在酒店門口，困惑地停下了腳步，因為我聽見裏面傳來了一陣**可怕**的笑聲和吵鬧聲。我問自己：「我現在該怎樣做呢？進去還是離開？」

但是現在已經天黑了，我又累又餓，只好把斗篷壓低遮住自己的臉，壯起膽子，踏進酒店。可剛跨過門檻，我就呆住了，臉都發白了：只見滿屋子都是長相兇惡的**怪物**！嘩嘩嘩，好可怕！

他們當中，有的在本該長出胳膊的地方伸出了長長的觸鬚，並瞪着銅鈴般的大眼睛；有一羣巫婆在角落間壓低聲音討論着什麼，嘴角不時泛出**邪惡**的微笑；還有一幫好像沒有靈魂的騎士，他們是女巫皇后斯蒂亞的走狗，正高聲吵鬧着。就在這時，很多條**嘶嘶地**吐着舌頭的毒蛇也竄進了酒店。其中最粗壯的一條大蛇，牙齒中還叼着一枚閃亮的

金幣。令我驚訝的是，酒保並沒有趕走他們，而是滿意地收下金幣，還給他們端上一大碗熱湯。

我嘗試找一個不顯眼的位置坐下來，可還沒等我走幾步，酒保就一腳踩住了我的尾巴。「喂，就是你！你從哪兒來？要點什麼？」

你找到了嗎？這裏藏共有15種怪物。

我結結巴巴地回答：「我……我叫灰袍賣唱翁，是一個可憐的賣唱者。我雖然沒有錢，但可以為你的客人們**高歌**一曲。」

　　「是嗎？那還不快點坐到前面，讓我們聽聽你的嗓子。要是你唱得不好，我們就把你**丟**出去！」

　　「各位……我是說尊敬的各位，當……當然沒問題，我明白，別……別擔心……」

　　我戰戰兢兢地坐在一張破爛的凳子上，細聲吩咐豎琴道：「要出場了！」

　　他嘟囔道：「呼……我正準備睡覺呢！不過既然大家想聽我唱歌，那我就唱吧！」

　　滿屋子的目光「唰」地一下都**好奇**地聚集在我的身上。我假裝用手輕輕地撥過豎琴，小聲地叮囑他：「快快唱吧，千萬要賣力啊……否則他們肯定會**鬧翻天**！」

　　「你當我是誰？我一向很賣力，我可是個水準一流的豎琴！我還要拜託你，至少在我唱的時候要對準嘴型呢！」

72

我張開嘴巴，擺出快要高歌一曲的嘴型。豎琴開始吟唱出一曲甜蜜溫柔的小調。可他還沒唱幾句，雨點般的垃圾和雜物就紛紛向我們丟來，滿屋子的賓客都向我們大吼：「這是什麼爛曲子？簡直讓我們笑掉大牙！還不快快換另一首曲子！換一首講述陰謀、鬥爭、拳頭和怪物的史詩讓我們聽聽吧！」

唯一沒有抗議的，是一個長相奇特的賓客。他靜靜地注視着我，眼神充滿了**謎團**。

豎琴趕忙換了一首又舊又長的調子，哼哼着唱出一個在遙遠城堡中發生的騎士和公主的故事，當然也得到了一羣巫婆和怪物的助興……

沒想到這段曲子居然贏得了**歡呼和掌聲**：「這次的曲子還不錯，賣唱翁！」

一些賓客向我投了幾枚**賞錢**，我連忙彎腰將它們收進布袋裏，這些錢以後總能用得到。

豎琴在我耳邊得意地說：「這可是我的功勞，至少要分一半給我，明白嗎？我才是**唱歌**的功臣！」

「這麼說，我也要分一半！明白嗎？寫出這首**曲子**的可是我！」布袋裏傳出鵝毛筆的聲音。

「你們兩個都閉嘴！」我連忙制止住他們。

這時酒保向我走過來，手上端着一個碟子，從

那兒散發出一股臭**乳酪**和腐爛馬肉的味道。

酒保將一塊長滿**黑斑**的麵包扔在我面前，又遞來一瓶渾濁的泥水，嘴裏嘟囔着，説：「喂，你這個賣唱的，這是我們給你的**報酬**！」

我彎下腰開始喝湯，儘管我已經聞到了湯的霉臭味，可至少它還熱乎乎的，而我已經餓得肚子都凹了。就在此時，我感覺到有一雙**眼睛**在盯着我。

謎一樣古怪的傢伙

我轉過身去，發現一直注視着我的，就是那個令我**摸不着頭腦**的傢伙。從我剛進入酒店起，他的眼睛就沒離開過我。

他看上去像一隻狗，可他並不是狗；而是**叢林狼**！他的個子又高又瘦，尖尖的肋骨幾乎要從稀稀拉拉的毛皮上戳出來，他斜背着一個布袋，裏面露出幾條**髒兮兮**的花邊布和褪了色的緞帶。他的嘴巴向前突出，兩隻尖尖的耳朵，可一隻耳朵彷彿被誰咬了一口，已經耷拉下來。我注意到他的尾巴也**變了形**，彷彿被誰弄斷了後又勉強地連接好。他手上柱着一根彎曲帶刺的樹幹，一步步緩緩地向我走過來，並友好地向我打招呼道：「你待在這羣**航髒**的傢伙中很不自在，對嗎？」

「當然了，他們可不像我們這麼友善……你介意我坐在這裏嗎？這樣我們可以**聊聊天**，作個伴。沒什麼其他意思的，好嗎？」

我猶豫了一會，因為水仙女曾經叮囑過我：不要**相信**陌生人。可眼前這傢伙並沒有什麼惡意，難道和我這樣一個**旅客**友善地聊聊天也不行嗎？於是，我輕輕地拉來一張凳子，請他坐下來。

他向我伸出手爪，介紹自己：「我叫**紫克·斷尾狼**，很高興認識你。」

隨後他低聲說：「看看周圍那麼多的傢伙……哆哆哆！天知道裏面混了多少個**間諜**……她滿布了很多線眼，你知道嗎？」

我呆呼呼地問：「你說的她是指……維米拉？」

他點點頭說：「沒錯沒錯，正是她！聽說她正在尋找一個人……一個肩負**重要**使命的人……你知道些什麼嗎？」

我不禁把斗篷上的帽子向下拉了拉，以免他看到我發紅的臉頰，我假裝糊塗地說：「我什麼也不知道，我只是個**可憐的賣唱翁**罷了。」

紫克凝視着我，擺擺手說道：「哦，當然啦，你不可能知道的，你只是一個可憐的賣唱翁，就像

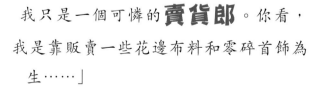

我只是一個可憐的**賣貨郎**。你看，我是靠販賣一些花邊布料和零碎首飾為生……」

他打開隨身斜背的小包給我看，裏面塞滿了髒兮兮的花邊布料和一些俗氣的假

金首飾。

「你看，這就是我所有的家財。你想買點什麼嗎？我可以給你一個好價錢！」

我從口袋裏掏出一枚賓客們賞賜給我的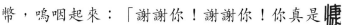，放在他的手心上，因為我感覺到他比我更需要這些錢。紫克抓住了這枚金幣，嗚咽起來：「謝謝你！謝謝你！你真是**慷慨**。你知道嗎？像我這樣的小販，夏天在烈日下奔波，冬天又要頂着嚴寒叫賣！你這麼**好心**，一定會得到好報的！」

就這樣，我和他在這裏熟絡地聊起天來。漸漸地我的眼皮變得越來越沉重，看來我睏得不行啦！我打着呵欠和紫克說過晚安，便拖着沉重的雙腿，來到酒店一側的**馬廐**，酒保已經在那兒鋪上了草墊，方便我在這裏度宿一宵。

第二天清晨，我便離開了那間髒兮兮的酒店，向昨晚走過的大路方向走去。清晨的空氣清新卻**凜冽**，我興奮地吹着口哨，沿着昨夜走過的小徑返

回大路。

　　豎琴歌路拉快活地**彈奏**着，鵝毛筆跳到我的頭上，欣賞着前方的景色。我們的狀態都比昨晚好多了！就在這時，一道**黑影**從我身旁的灌木叢裏竄出來，站在我的面前。

　　我驚恐地向後退去，尖叫起來：

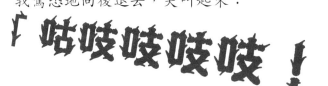

　　我定下神來看了一看，原來攔住我的正是紫克。他搓着雙爪，解釋道：「哦，親愛的朋友，我可沒想到會嚇倒你！你也走這條路嗎？要不要和我一起走一段呢？這一帶的治安不太好……」

　　我猶豫了片刻：水仙女曾叮囑我要提防陌生人。可紫克並不是什麼陌生人。他看到我為難的模樣，便問：「不好意思，朋友，我並不想打聽什麼，可你要去哪裏呢？」

　　我又開始猶豫了：水仙女反覆告誡我，不要向陌生人透露自己的秘密行程。可不管怎麼說，紫克是我的朋友：朋友間聊個天又有什麼不對呢？

　　歌路拉在我的耳邊細聲地唱着：「沉默是金，別說出來……」

　　喪失了警惕的我沒有理睬他，大聲答道：「我要去的地方是陷阱之眼……」

　　紫克驚訝地尖叫起來：「真的的的的？我也是要去那兒！太好了，我們可以結伴前行！」

　　他在我耳邊低語道：「那裏很**危險**，你知道嗎？聽說強盜經常在那裏出沒。維米拉的城堡——夢想國的第一位女巫，就是隱藏在那裏的神秘地帶……」

　　一聽到「維米拉」幾個字，我的臉就變得像月光照耀下的莫澤雷勒乳酪一樣**蒼白**。

　　紫克見狀，便熱情地安慰我，說：「別**害怕**，我的朋友……我知道去那兒走哪一條路最安全！」

　　聽他這樣說，我寬慰地鬆了一口氣，說：「謝謝你，紫克，**幸好**我遇到了你！」

　　我和紫克踏上了未知的征途，長途跋涉了整整兩天。到了第三天黃昏的時候，在我們面前的路上，出現了一道似乎被**雷電**擊中的巨大柵欄門。

1. 七大盜森林	7. 維米拉沼澤
2. 逃離徑	8. 串串淵
3. 魔法玫瑰園	9. 尖叉嶺
4. 鮮花殿	10. 鱷魚池
5. 多石橋	11. 維米拉岩
6. 沸騰池塘	12. 孤獨精靈塘

陷阱之眼

七大盜天團

　　望着那道柵欄門，説實話，我真的很害怕，我的小心臟不斷在怦怦地亂跳着：「**咕吱吱，這地方簡直是個地獄！**難怪最邪惡的女巫會選擇這裏來作為她的老巢……」

　　紫克興奮地指着一條鋪滿**碎石**的小徑，他對我説：「我的朋友，快看，我們就走這條路吧！這是一條最**快**、最**安全**去到陷阱之眼的捷徑，這樣我們就能省卻很多力氣了，而最重要的是：我們能避開維米拉安排的眾多間諜！」

　　我記得，臨行時水仙女叮囑我要一直走**大路**，並且要避開不熟悉的**捷徑**。可如果能走捷徑抵達目的地，就能省卻趕路的辛苦，那不是更好嗎？更何況紫克向我保證：這條路絕對安全……

於是，我緊緊地捂住裝着鵝毛筆和豎琴的布袋，跟隨紫克踏上了那條捷徑。他一邊走，一邊輕鬆地和我聊天：

「你別**害怕**，他們告訴我這條捷徑很安全，可以說是非常安全⋯⋯而且也很省力。**相信我**，沒錯的！」

我巴不得快點離開這片**死寂**的森林，這裏似乎沒有生命的跡象：沒有鳥兒，甚至連一絲風也沒有。

我一邊走一邊警覺地向四周張望，猛然發現：這是一片**石化**森林：樹幹、樹枝甚至連樹葉都是石頭做的，唯一沒有石化的，是高高的荊棘叢林，那帶有毒的針刺向四面八方蔓延開來。

吱唧唧，這地方真是個地獄

我開始後悔了，自己輕信了紫克的話：可現在想要**後悔**已經太遲了。再說，我的任務就是要找到維米拉隱藏在這一帶的城堡，可那城堡究竟在哪裏呢？

我費力地走過**黝黑**的叢林，可絲毫沒有發現任何城堡的蹤影。夜色已經降臨，叢林的景色變得模糊**陰暗**。

我嘗試從紫克身上確認自己的決定是正確的，問：「呃，你肯定這條路是正確的嗎？」

「當然了，**十萬分肯定**，快走吧！」

　　紫克氣喘吁吁地靠在一叢**雜亂多刺**的荊棘叢旁邊。這時，我突然發現和明白：他手上一直拿着的拐仗來自哪裏了……不正是他身旁那雜亂的荊棘叢嗎？

　　這樣看來，紫克很明顯是從這裏來……可他為什麼沒告訴我呢？**很奇怪**……

　　我鼓起剩餘的一絲勇氣，問他：「呃，這片森林是什麼地方？」

　　紫克的嘴邊漾起一絲冷笑說：「我們現在身處的森林，就是**七大盜森林**！」

旁白：冷風颳起6個大荒…至於第7個大荒，請翻閱下一頁……

　　我心裏亂糟糟的，這時，從濃密的樹林中，突然**跳出**六個面目兇惡、眼神**冰冷**的傢伙！

　　紫克嘴裏謎一般地嘀咕道：「這就是七大盜天團……

　　壯肉鬼，長滿跳蚤的食肉魔

　　佐哆哆，叛變的騎士首領

　　普魯怪，殘酷無情的怪物

　　咕嘟鏘，咚咚擂鼓的盜賊

　　皮拉喬，一肚子壞主意的矮人

　　冷血精，長著大鬍子的精靈

　　……還有最後一個：我，縈克·斷尾狼，善於偽裝的叢林大盜！」

　　我甚至連聲「**吱**」都來不及發出來，這七個強盜便已經一起撲到我的背上，用一根又粗又硬的**麻繩**將我牢牢捆在一根扁擔上。

　　他們抬起扁擔，興高采烈地唱起了**可怕的歌謠**。

我從不挑剔，生吃也可以！

　　就在這個時候，尼迪亞從袋子裏蹦跳出來，她還嫌事情不夠熱鬧，向着我大罵：「你真是個十足的**大傻瓜**！現在我們還怎能完成使命？」

　　聽到她說的話，紫克急不及待地轉向**盜天團**的首領——佐哆哆誇耀一番：「首領，我做得很好

吧？維米拉肯定會付給我們巨額的賞金！現在，我們一定要照顧好這隻老鼠⋯⋯」

原來他們是要押送我去見維米拉！

我的毛都直豎了起來⋯⋯我可不想自己被捆得像個糉子一樣，被押送到她的城堡去！

我絕望地放聲大哭：「**嗚哇哇哇哇哇！**」

這下完了，我讓水仙女失望了，一切都完了！

「**嗚哇哇哇哇哇哇哇哇哇哇哇！**」

佐哆哆藉機在我的布袋裏亂翻：「啊哈，你們看看⋯⋯這裏有一個金豎琴，還有一枝漂亮的鵝毛筆。好吧，紫克，你確實做得**不錯**！不過，你可別太自負，明白嗎？我才是你們中最屬害的，你們只不過是跟隨我的盜天團成員罷了⋯⋯」

尼迪亞和歌路拉放聲尖叫：

「你這骯髒又毫無教養的**毛賊**，放下你的爪子！」

佐哆哆掏出了幾團髒兮兮的破布，一把堵住了兩個小傢伙的嘴巴，又惡狠狠地把他們塞回布袋裏。

皮拉喬（*邪惡的矮人*）似乎最有興趣拉扯我的

尾巴。

「哦，多麼**可愛**的尾巴啊！我肯定她會為這隻肥美的老鼠，付出一個好價錢……」

普魯怪點了點頭又眨眨眼睛，說：「沒錯，他能熬上滿滿的一鍋好**湯**！」

佐哆哆隨即扮了個怪臉說：「一鍋老鼠湯？就算她付錢請我喝，我也沒有興趣試一口！」

壯肉鬼惡狠狠卻又臉目猙獰地笑了起來：「我可沒你這麼挑剔，我**生吃**都可以！」

「你們別妄想了！我們趕快押他去見維米拉吧！」佐哆哆命令道。

皮拉喬問道：「那我們什麼時候**分**戰利品啊？」

「誰說過要和你們分了？我才是首領，戰利品由我保管！」佐哆哆蠻橫地說。

「好的，首領，就依你的意思去做吧，首領！」皮拉喬和冷血精虛偽地附和着。可當佐哆哆一轉身，他們便飛快地從布袋裏拉出豎琴和鵝毛筆，搶在佐哆哆發現前，「嚕嚕」地爬上一棵大樹，消失在一簇簇濃密的**樹葉**間。

同時，從樹林的另一邊，飛速閃過一位**騎士**，

他像鐵塔一樣高大，櫟樹一樣挺拔，岩石一樣冷峻！

他騎在高大的白色駿馬上，拔出閃着寒光的利劍，大喝一聲：「還不快快投降？我就是**藍龍**，弱小的保護者！邪惡的剋星！」

聽到這幾個字，強盜們一把扔下扛着的扁擔，彷彿丟了魂魄似的狂奔，一轉眼就溜得無影無蹤。我「砰」地一聲摔在地上，壓傷了自己的尾巴。**我怎麼這樣倒霉啊！**

我眼睜着騎士策馬向我奔來，他舉起手中的利劍，直刺向我！

「**小心呀呀呀呀呀呀呀！**」他大喊道。

「**吱吱吱吱吱吱哇！！**」我尖聲叫。

我驚恐地閉上雙眼，心想下一秒的自己就要變成他劍鋒上的鼠肉串燒了……

可我只聽到耳邊傳來的聲音：**唰唰！**

利劍從我身邊掠過，綁在我身上的繩索應聲被一一割斷：我終於獲得自由啦！

我解脫了身上的繩子，懷疑地望着眼前這個陌生的騎士，嘟囔着：「謝……謝謝你！你**救**了我的命！」

他碧玉一般的綠眼珠，盯着我上下打量一番，皺皺眉頭，聳聳肩說：「**嗯！**救助弱小是我的**職責**……」

說完他便轉身策馬離開，突然，他又狐疑地喝令馬匹停下腳步，眼神牢牢地盯在一棵枝幹濃密的櫟樹上。嘴裏嚷道：「喂，就是你們！你們這些鬼鬼祟祟的**小間諜**！」

他開始猛烈地搖動着樹幹，直到皮拉喬和冷血精「撲通」地從樹上栽了下來。

皮拉喬和冷血精丟下豎琴和鵝毛筆，嚇得抱頭逃竄，溜得無影無蹤。我趕忙掏出堵住他們嘴巴的破布，豎琴歌路拉的尖叫聲幾乎把我的耳朵震聾：

「**真要命！**我還以為自己要在你的葬禮上唱歌呢！」

尼迪亞也挖苦我道：「我正準備為你的**葬禮**寫上一首動人的長詩呢！想聽聽嗎？」

「呃，謝謝了，留待下次吧，可以嗎？」

神秘的騎士冷眼旁觀着我們的吵鬧，轉身便**躍上**白馬，打算離開。我一個箭步攔住他：「咕吱吱，等等！你該不會把我丟在這裏不管吧！」

「**什麼**……老鼠仔，我的職責是救助弱小，可你也別想對我指手畫腳。」

「求求你，至少送我出這座可怕的森林吧！」

「可我為什麼要聽你的呢，老鼠仔？」

「我可以為你**唱歌**……」

「但我沒興趣。」

「我還會說動人的**故事**……」

「但我沒興趣。」

「我還會**寫作**……」

「……你會寫作，和我有什麼關係？」

他頓了頓，彷彿在**思索**着什麼，然後說：「唔……如果你會寫作，你倒是可以將我的身世寫成一本書！」

聽到他的話，我遲疑了。我可不打算花時間去寫關於他的身世的一本書，我還有很艱巨的使命要完成，必須儘快找到維米拉的**城堡**！

他看我沒有反應，於是不再說話，轉身打算離開。我趕忙攔住他：「別走啊，等等，我答應你的要求，這樣可以了吧？」

「**嗯**，老鼠仔，還不快跳上馬來？你可以準備開始寫嘍！」藍龍勒勒韁繩，帶着我們向前飛馳。

藍龍神秘的身世

藍龍神秘的身世

　　我騎在顛簸的馬背上，牙齒死死地咬住馬鞍上的**皮帶**，雙腿牢牢夾緊馬兒的肚子，左手抓住**記錄**藍龍故事的筆記簿，右手捏着鵝毛筆尼迪亞，舌頭捲來捲去地**翻**書頁，耳朵則試圖**擺乾**書頁上的墨跡……

　　我含糊不清地嘟囔着：「我準備好了，請講吧！」

　　藍龍開始描述起來：「我出生於……不對，這個最好不要寫，這可是個**秘密**！我生在……不對，這個最好不要寫，這可是個**秘密**！我的父母是……不對，這個最好不要寫，這可是個**秘密**！教導我戰鬥的人是……不對，這個最好不要寫，這可是個**秘密**！」

我大聲抗議說：「你要是什麼都不告訴我，我能寫出什麼呀？」

他態度**生硬**地回答：「老鼠仔，你竟敢這樣和我說話？不怕我把你丟在這裏嗎？」

我望望四周黑黝黝的森林，**驚惶**地說：「求你別把我丟在這裏！隨便你吧，我自己編些故事寫好了，我會搞定的！」

他冷淡地笑了笑說：「這樣是最好的了，你快點**下筆**吧！你到底會不會寫作的？」

我只好硬擠出幾行字，說：「我不知道他何時出生，也不知道他在哪裏出生，或來自於哪個家族，但我推斷他出身於貴族，而且……」

尼迪亞「噗」地向**紙**上吐了一口墨水，她居然罷工了！「哼哼，這樣可不行。我只能書寫**真相**。難道你忘記了嗎？」

豎琴從袋子裏跳出來：「哼，我看你只是想為了偷懶而去找個藉口罷了！至少我在酒店裏完成了任務，可你呢……」

鵝毛筆反駁説：「哼，不就是亂彈幾首曲子罷了，這也能算是完成任務嗎？」

　　我絕望地尖叫起來：「你們都住嘴！還有你，尼迪亞，還不快快配合我？難道你看不到我們現在的處境嗎？」

我只能寫出真相，
這可是一個
原則問題！

　　鵝毛筆固執地堅持説：「不好意思，灰袍翁，這可是一個原則問題。我來自一個以講真話聞名的鵝毛筆世家，你在選擇我的時候，已經很清楚這一點，不是嗎？」

　　豎琴不滿地對我説：「這枝鵝毛筆真是太麻煩了！弄得我們頭痛死了！」

就在你一言我一語亂哄哄的時候，藍龍回過頭來，查看我的寫作情況。我趕忙攤開筆記簿，假裝**寫字**，嘴裏還高聲唸叨起來：「……來自一個十分高貴而又十分神秘的家族……他自幼便向隱居在世外的高人……學習武術……」

　　藍龍似乎很放心地點點頭，轉過身去，嘴裏唸叨着：「**嗯**，這樣就好了，老鼠仔，繼續寫吧！」

　　在月色籠罩下，我們一路疾走，穿越神秘**可怖**的七大盜森林，我一直裝模作樣地在筆記簿上寫着，可尼迪亞卻一點都不和我配合！

　　漫長的夜行之路好像怎樣走也走不完，就在這時，我們遭到一羣臉目猙獰的**兇惡**怪物突襲，原來他們正是維米拉派來追捕我們的黑暗部隊！

　　首戰出場的是**7**隻星雲球，他們企圖用尖利鈎狀的爪子撓住我們。

　　我心裏「咯噔」了一下，心想這下我們可完了，但此刻的藍龍，鎮定地指揮着坐騎，飛速地在叢林中呈**之字形**穿梭，成功地擺脫了他們。隨後出戰的是**13**棵石樹巨怪。

他們揚起**布滿疤痕**的樹枝，恨不得把我們砸個粉碎。

我緊張得差點失去了知覺。當我恢復意識時，發現他們已被遠遠地甩在我們的身後。

我還沒來得及喘一口氣，發現我們又被幾頭貌似食蟻獸的**巨大**怪獸包圍起來，只見他們伸出滑溜溜的舌頭，試圖將我們黏住再吸進肚子裏。

「小心啊！那是**吸肉魔**！」藍龍大喊道。

話音剛落，一頭怪獸用舌頭將我捲下馬，正準備把我當點心吞下肚子，幸好藍龍火速向我閃來，高高地舉起寶劍，我只看到月光下一道**寒光**閃過，怪獸已逃得無影無蹤。

我們趕快翻身上馬，轉眼間已經是半夜了。可**16**隻長着蝙蝠腦袋和蛇形身體的爬行妖怪向我們襲來。混在他們隊伍裏的，還有**17**隻流着怪味口水的綠怪物……

藍龍不由分說地將我一把拉到身後：「快逃，老鼠仔，那可是綠毛嚼骨怪，他們最喜歡吃的就是老鼠的骨頭！快逃！逃得越遠越好！」

維米拉的 黑暗部隊

7隻星星靈球

他們長着尖利鈎狀的爪子，性情兇惡。

13棵石樹巨怪

他們的樹幹是由石頭長成的，那些長滿了可怕的疤痕的樹枝，是他們襲擊對方的武器。

15隻吸血鬼

他們用又長又黏、布滿黏液的舌頭捕食獵物。

16隻爬行妖怪

可怕的生物，長著蝙蝠一樣的尖腦袋，卻擁有蟒蛇般的身體。

17隻囓骨怪

綠毛怪獸，喜歡咀嚼新鮮的骨頭，特別是老鼠的骨頭！

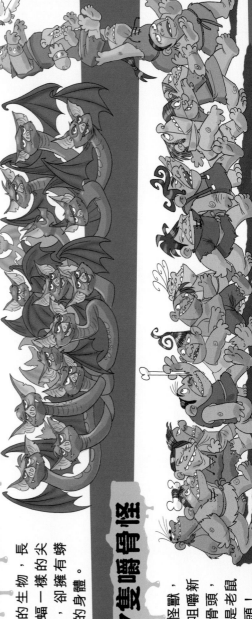

梅麗莎的悲傷故事

　　一直到了**黎明**時分，我們才疲憊地擺脫掉黑暗部隊。藍龍勒了勒韁繩，白色的駿馬長嘶一聲，慢慢地停了下來。這可憐的馬兒，整晚的奔馳使得牠全身都是**汗水**，鼻孔呼呼地噴着熱氣。

　　藍龍跳下馬背，心痛地撫摸着牠的臉龐。

　　「謝謝你，我的戰友！」

　　藍龍停止戰鬥後所做的第一件事，就是照料他的戰馬。他辛勤地為牠洗擦，梳理鬃毛，將毯子披在牠的身上。隨後他步行到**池塘**旁邊，舀起清水給馬兒喝。就在他彎下腰那一刻，從他的上衣內滑出一根鏈子，上面吊着一枚**吊墜**。那吊墜落在石頭上，「啪」的一聲彈開來，我看到一張十分**清秀**的女孩子照片。

　　我的好奇心頓時爆發，問：「那個女孩子是

誰？」

　　他急匆匆地從地上撿回那枚吊墜，將它掛回脖子上，低聲說：「我可沒心情談論這個。」

　　我尊重他的沉默，畢竟是他的私隱。接下來的時間，我忙忙碌碌地為大家準備：用野草和植物莖熬出一鍋湯。

　　我們升起了**篝火**，圍坐在一起。藍龍呷了一口熱湯，嘀咕說：「這湯還不賴，老鼠仔，看來我允許你和我一起走，總算是一個明智的選擇。」

　　他的聲音變得低沉起來：「你知道嗎？以往經歷無數的日與夜，我一直都在一個人流浪，這種滋味真**難受**……」

　　他的聲音壓得越來越低，我都快聽不見了：「你真的想知道我佩帶的吊墜上的女孩子是誰嗎……她叫**梅麗莎**……」

　　我頓時來了精神，安慰他說：「當然了，如果你願意告訴我的話！我可以將這個故事寫進書中……」

　　我握着鵝毛筆，準備記錄。藍龍垂下頭來，漸漸地沉浸在回憶中：

　　「十八年前……

♥梅麗莎悲傷的故事♥

18 年前，一個女嬰誕生在梅力思國王的城堡中。她的頭髮彷彿金子般閃亮，眼睛像湖水般碧綠，她和其他的嬰兒不同，因為她出生時前額就有着一枚藍色的心形印記。

梅力思國王請教了王國內的各位仙女，可沒有誰了解這枚心形印記的含義。直到有一天，掌管春天百花的仙女駕到，神秘地告訴他：這個女孩子長大後，注定會將她的心，交給另一位也是出生時就有着心形印記的青年……並且，梅麗莎將和這位神秘青年，以及另一位朋友一起，共同實現古老的水晶預言，而和平將重新回歸戰火紛飛的夢想國國土。

可是這件事，不知怎麼傳到了女巫中的女巫——維米拉的耳朵中。要知道她最擔心的，就是水晶預言會變成事實！她決不允許任何人從自己的手中拿走珍貴的火燄寶石，因為在她的眼中，這顆寶石甚至重要過她孩子的生命！

於是，在梅麗莎度過她16歲生日的那一天，維米拉擄走了她，並將她藏在女巫國一處無人知曉的秘密地方。從那天起，這位甜蜜的女孩子就好像從世界上消失了。儘管命中注定與她相逢的神秘青年，仍然在苦苦地尋找她。

藍龍緩慢而憂傷地講完這個故事後，我發現自己的眼中盈滿了淚，鵝毛筆尼迪亞也感動得嗚哇直哭，在筆記簿上滴下了一大灘**墨水**，我趕忙用袖子將它們吸乾。

「不好意思，我剛才失禮了，因為我從未聽過這麼**打動心靈**的故事。」

「沒關係，我理解的。」我吸了吸鼻子，誰讓我也感動得一把鼻涕一把淚呢！

你現在明白了嗎？

藍龍默默地撥開一直籠罩在前額的頭髮，一顆**藍色的心形印記**赫然顯露出來。

眼前的這一幕，令我驚訝得張大了嘴巴，「這麼說，你才是……她……我是説，你們……」

「現在你明白了吧，老鼠仔？我就是注定與她**相逢**的人。可是過了一年又一年，不管我怎樣努力去找尋她，都只是白費功夫……」

藍龍沉默地凝視着眼前跳躍的火苗，臉色彷彿冬日清晨一樣的蒼白憂鬱。我同情地將手爪搭在他的肩上，鼓勵他説：「千萬不要放棄**希望**。我相信，總有一天你能夠找到你的愛人，因為沒有誰比你更**勇敢**。」

突然間，一連串思緒潮水般地湧入我的腦海：這麼説來，藍龍不正是水晶預言中提到的勇士之一嗎？為何我之前沒有察覺的呢？

我興奮地一下躍起來：「我的朋友，你也一

定聽過仙女提過古老的水晶預言吧？我在出發前曾向仙女們許下承諾：一定會實現這個預言！你願意助我一臂之力嗎？我也願意和你一同尋找梅麗莎⋯⋯」

他堅定地答道：「我願意，老鼠仔，可我們現在該怎樣做呢？」

「嗯，我們必須先找到維米拉的城堡，我肯定她就藏在埋伏圈的附近。我們要想方設法從她那兒拿走火燄寶石，將寶石運到光輝峯上，因為，海藍寶石的守護者阿祖就住在那兒！哦，對了，我忘記了，我們還必須找到兩顆相愛的心，一對絕望的夫妻，還有長久分離的母子⋯⋯否則古老的水晶預言就不會實現嘍！」

藍龍輕撫額頭上的藍心，嘴邊漾起一絲神秘的微笑：「光輝峯？我知道在哪裏！」

他一躍上馬，向我伸出手，說：「趕快上來吧！我們還有艱巨的任務要完成呢！」

望着這位精力充沛的新拍檔，我的內心湧起了

希望。從這一刻起，藍龍成為了我**真摰**的好友。我們騎上馬兒一路飛奔，直到一叢茂密的**紅色玫瑰林**擋住了我們的去路，空氣中，瀰漫着陣陣神秘甜美的芬芳……

魔法玫瑰林

魔法玫瑰林

1. 千瓣玫瑰灌木叢
2. 徒步旅行者草坪
3. 歌唱林
4. 遺忘玫瑰池
5. 銀色花瓣繞道
6. 玫瑰女士宮
7. 沸騰池塘
8. 岩石橋
9. 芬芳玫瑰河
10. 野生玫瑰徑

在這裏，一切都有可能發生……

　　一條小徑，在茂密而高大的紅玫瑰叢中蜿蜒，那帶刺的花朵形成一團團茂密的**濃蔭**，幽幽的**香氣**將我們緊緊包圍。藍龍嘀咕道：「這就是魔法玫瑰林。**在這裏，什麼事情都可能發生，事情可能會變得更好，或者更壞……**」

　　我困惑地問：「這裏能發生什麼壞事，藍龍？看看這一叢叢嬌豔的花朵，再聞聞那濃郁的花香……」

　　我貪婪地將鼻子伸向一枝怒放的**玫瑰**。可藍龍突然跳了起來，猛地將我一把推開，嘴裏大聲喝道：「你在做什麼，老鼠仔？千萬別去聞那些玫瑰！它們可是被施了**魔法**的！聽說只要聞了它們的香味，就會陷入昏沉的睡夢中……還有，要特別

小心那些！

「聽說只要被刺刺傷，就會變成閃亮的！」

這番話嚇得我渾身顫抖，這時我才發現：在玫瑰花叢旁邊，飛舞着成百上千戴上金色盔甲的**小蟲**。

豎琴歌路拉從我的布袋裏探出小腦袋，冒冒失失地嚷着：「藍龍說得對，這裏是**魔法玫瑰林**，什麼事情都可能發生，好的或壞的⋯⋯在歷史文獻中，就曾經記載過魔法玫瑰林。要不要我給你們高歌一曲啊？啊？啊？」

尼迪亞一把捂住他的嘴，說：「你不要唱了！每次你一開始唱歌，我就會開始**頭痛**⋯⋯」

可還沒等她說完，歌路拉已經清了清嗓子，熱情地

高歌起來。我任由他放聲歌唱，因為現在的我正需要**歡樂**的氣氛！

> 歌嚕啦，歌嚕啦，嚕嚕嚕嚕嚕啦！
>
> 誰的胃口太大了，什麼都吃得下！
>
> 玫瑰的刺兒將你扎，花瓣像火花！
>
> 在這兒處處有變化，就要把你耍！
>
> 玫瑰女王神通廣大，
>
> 能往外送也能往回拿！
>
> 歌嚕啦，歌嚕啦，嚕嚕嚕嚕嚕啦！
>
> 誰的胃口太大了，什麼都吃得下！

正當我仔細琢磨着那些**古怪**費解的歌詞的含義，就在這個時候，12名身穿高貴紅色制服的騎兵浩浩蕩蕩的從大路走過，然後是一輛由12匹駿馬**拉**着的金色馬車轟轟地駛過，看上去**神氣**極了。

那輛馬車轟隆地貼着我的面前駛過，差點**壓斷**了我的腳趾。

從金色的馬車內，一個商人探出頭來，他身穿閃亮的錦緞衣服，脖子上戴着一串沉甸甸的金鏈子。

手上還套着多枚鑽石戒指。他傲慢地居高臨下，鄙視着衣着**樸素**的我們。

「還不快讓開！」一位士兵吆喝着我們。

藍龍衝動得想去和他理論，我趕忙向他使了個眼色，制止了他：現在我們的麻煩已經夠多了！

我們繼續在茂密的野生玫瑰林中前進，幾個小時後，我們總算來到一處開闊的草坪，只見那位高

傲的商人和他的隨從們，已經在那裏搭起了帳篷。

我們思索了片刻，決定今晚也在這片草坪上休息，因為現在已經開始入夜，而且此時我們每一個都**累**得筋疲力盡。

那位富商坐在擺滿酒席的桌旁，盡情享用他豐富的晚餐，吃得口水橫飛，完全無視着不遠處的我們。就在這時，林中走出了一位衣衫破爛的**老婆婆**，她懇求那位富商，説：「先生，您能給我一個麵包和一口水嗎？我又**餓**又**渴**，已經支持不住了……」

富商不耐煩地呼喝道：「我什麼也不會給你，看見你後我食慾大減，快滾開！」

那位老婆婆彎腰向他鞠了一躬，説：「那我就不打擾你了。**你贈予我的，將會收到更多的回報**……」

藍龍對富商的嘴臉實在看不下去，忍不住起身招呼那位老婆婆：「老婆婆，來這裏吧，你可以和我們一起吃**晚飯**！」

我們掰開自己手中的乾糧，將一半的食物分給了她。我在斗篷裏摸索了半天，掏出僅餘的一塊錢幣，放在她的手上。

　　那位老婆婆彎腰向我們道謝說：「**你們贈予我的，將會收到更多的回報……**」

　　話音剛落，眼前突然翻起了一陣旋風。老婆婆轉眼間便消失了。在她剛才站立的地方，婷婷站立着一位**高貴**的仙女，她那紅玫瑰色的長髮編成了辮子，變成曳地的長裙。她高聲向我們宣布：「我就是魔法玫瑰林的女王！在這裏，什麼都可能發生，事情可能會變得更好，或者更壞……**而你們每一個人剛剛贈予了我什麼，都會收到一千倍的回報！**」

魔法玫瑰林女王

就像她預言的那樣，剛才還盛滿佳餚的餐桌消失了，金色馬車消失了，紅色制服的士兵們消失了。就連閃亮的綢緞衣服也消失了！那商人全身赤裸，羞愧得趕忙鑽到一叢**灌木**中。

玫瑰林女王嚴肅地對他說：「你剛剛贈予了我什麼呢？什麼也**沒有**！

因此我將『沒有』的一千倍，再回贈給你！」

接著她緩緩向我們走來，我渾身不禁開始**顫**抖，現在我才意識到**她強大的**魔法。

嗚哇！

她向我們展露神秘的微笑，彷彿變戲法一樣，我們的眼前突然出現了一大片**美**

食：有新鮮的食物、可口的飲料，還有一些說不出名字的山珍海味……

玫瑰林女王向我們宣布：「你們贈予我的，正是我所急需的！因此，

我贈予你們的，
則是你們所需要的東西的千倍！」

「我還要送給你們一副珍貴的仙女透視鏡：有了它，你們就能看清楚一般人無法察覺的**魔法**！比如：你們正在尋找的維米拉的城堡！」

這就是我從仙女手上收到的第四份禮物！

仙女透視鏡

「還不僅僅是這一個！我還要送給你們一瓶盛滿藍寶石水的仙女之瓶，裏面注滿了**純真的愛**，它可以感化世界上最兇惡的心靈！……對了，我還要送給你們一位嚮導，指引你們找出正確的方向！」

玫瑰林女王揮揮手，很快，一隻身上長滿金色羽毛（*你們可看清楚了：是金色，不是黃色哦！*）的小鳥就落在我們的面前。

那隻小鳥清脆地說：「我的名字叫**指南鶯**！

這就是我從仙女手上收到的第五份禮物！

仙女之瓶

很高興為你們效勞！只要跟著我，你們絕不會迷路。聽指南鶯的話肯定沒錯！」

玫瑰林女王滿意地點點頭，向我們介紹：「這是一隻罕見的金鳥，他可是一位**能幹**的嚮導，他認得所有的道路，甚至那些**隱藏**的秘密通道！我將這個仙女之瓶交給他好好保管。」

說完這番話，玫瑰林女王將仙女之瓶套在小鳥的脖子上。隨後，地上突然掀起一陣旋風，她就如到來時一樣神秘地**消失**了。

這就是我從仙女手上收到的第六份禮物！

指南鶯

　　我非常小心地將透視鏡揣進布袋：我們未來的行程可就靠這個易碎的**小玩意**啦！這時，我累得眼皮都睜不開了，於是我倚在草地上，很快墜入了夢鄉。睡夢中，似乎有誰在悄悄地拉我的衣服……**奇怪**！

　　第二天清晨，指南鶯就把我們逐個叫醒。我驚訝地發現：他脖子上的**仙女之瓶**不見了！我趕忙問他瓶子的去向，小鳥露出神秘的笑容：

「這可是個秘密……」

　　於是，我趕緊閉上了嘴巴：既然他不願意說出來，我也就不便再追問了。

　　我們重新踏上了旅途，小鳥飛在前面，為我們引路，直到來到了一處**污濁幽深的沼澤地**前面……天呀！奇形怪狀的蔓生植物在這裏肆意拓展，斑駁的樹根好像一隻隻怪手……

1. 沸騰怒河
2. 時間靜止沼澤
3. 黑精靈泥濘湖
4. 刺穿淵
5. 恐怖徑
6. 孤獨精靈池
7. 維米拉岩
8. 飢餓鱷魚坑
9. 絕望沼澤
10. 氣惱山

維米拉沼澤

在風中飄蕩的枯骨……

　　我們穿過蔓生植物橫行的大門，避開伸來的一根根樹藤，進入令我們窒息的**叢林**深處。這裏的沼澤又濕又滑，似乎有成百上千對眼睛在暗處**察看**着我們。

　　就在這時，我的尾巴被什麼東西**拽**了一下。我

←-----

回過頭去，可什麼都看不見，似乎有一個黑乎乎的東西，在草叢中閃過……

吱吱！這隻怪物真的嚇死我了！

指南鶯大聲地嚷道：「看看你的樣子，灰袍翁，你的臉色很蒼白呀！你是不是嚇破了膽啊？」

藍龍仔細地端詳了我一番，提議説：「老鼠仔，如果你不想繼續走，你可以隨時離開這裏……」

我凝視着他蔚藍的眼珠，下定了決心説：「藍龍，我確實很害怕，但我決不後退。我要一直與你同行，不然怎麼能算是朋友呢？」

藍龍顯得十分感動，也許，我是他平生第一次結交的一個真正的朋友。他有些不好意思地回答我：「老鼠仔，別再客氣了……從此以後，你我就是兄弟啦！」

指南鶯圍着我們飛來飛去。「你現在還感到害怕嗎，灰袍翁？」

137

「這可不算是什麼，因為好的和壞的事情還未降臨呢！」

「你這樣說是什麼意思？」

「意思就是：我們可能永遠被**困在**維米拉的沼澤地裏，所以感到害怕也是正常的！」

指南鶯還沒說完，我的雙腳就陷進了鬆軟污濁的爛泥中。我驚恐地叫了起來：「**嗚哇哇！**」

指南鶯卻細聲細氣地唱道：「**你現在感到恐懼了？這可不算是什麼，因為好的和壞的事情還未降臨呢！**」

我根本來不及反應他的話，因為我的身體在污泥中一點點地往下沉⋯⋯幸得藍龍眼疾手快，一劍砍下身旁的一棵粗樹枝，然後，身體向前傾着將**樹枝**向我伸過來。可就在這時，他脖子上的吊墜溜溜地滾下來，落在沼澤上。眼看那吊墜就要沉在**骯髒**的污泥中了，我急忙伸出手爪，一把將它撈回來。我長呼了一口氣，將它遞還給藍龍：「這個對你很重要吧，藍龍？」

138

老鼠仔，小心！

　　藍龍激動得雙手**顫抖**，忙接過吊墜，説：「老鼠仔，謝謝你！」

　　我連忙擺擺手説：「説謝謝的應該是我。藍龍，你已經第二次救了我的命！」

　　他不好意思地説：「**嗨**，救助他人是我的職責，我早就和你説過……」

　　指南鶯插嘴進來，説：「拜託你們，少些廢話，快些趕路吧！前面的路還**很漫長**呢！你們這些懶蟲……對了，我可要提醒你們：留意你們的腳下，不要亂踩！」

　　藍龍也擺擺手説：「如果你再這樣嘮嘮叨叨的，小心我拔光你的**羽毛**啊！」

　　「我們可沒什麼選擇，還是按照他説的話做吧！畢竟，只有他知道維米拉的城堡在哪裏！」

就這樣，我們跟在脾氣暴躁的小鳥後面，倍加小心地走過沼澤，進入一片**濃密潮濕**的叢林，這裏到處籠罩着詭異的濃霧。

我戴着仙女送給我的**透視鏡**，緊張地四處張望，尋覓着古怪城堡的蹤影。可沒多久，透視鏡就被霧氣弄得模糊一片，我只好將它小心地放回口袋。

我們深一腳淺一腳地向前行，我有一種感覺，似乎有誰在身後**跟着我**……

指南鶯察覺到了我的不安，又大大咧咧地唱起歌來：「**你現在感到恐懼了？這可不算是什麼，因為好的和壞的事情還未降臨呢！**」

豎琴歌路拉一個箭步從我的口袋裏躥出來，說：「哎呀，這隻小鳥簡直要把我的耳朵唱出**繭**來了。為什麼一直要在我們的耳邊嘮叨這幾句話呢？你每嘮叨一次，灰袍翁就哆嗦一次。他每哆嗦一次，躺在布袋裏的我就要**頭暈**一次！」

我被他們吵得暈暈乎乎，只知道藍龍一把拽住我的袖子：

「老鼠仔，小心！」

我定睛一看，頓時嚇得直豎鬍鬚，只差一步，我就**跌下**深不可測的懸崖。邪惡的霧氣從崖底一股股地蒸騰上來，遮住了我的視線。

指南鶯尖聲叫道：「**我早就跟你們說過，壞的事情還未降臨呢！**這個地方，叫做刺穿淵，你們想知道它名字的由來嗎？」

我嘟囔着說：「我不……不想……知道！」

「但我也要告訴你！這裏擁有如此恐怖的名字，是因為無論誰想要穿過這道深淵，都必須在一根**幼繩子**上爬過去，一不小心摔下去，就會像肉串一樣插在懸崖下方**塗滿毒汁**的尖木椿上！不過，我也有個**好消息**：一旦你們穿過了那道深淵，到達維米拉的城堡就不遠嘍！」

「這也算是一個好消息……」我有點悲哀地長歎了一口氣。

藍龍拍拍我的肩膀。

「鼓起勇氣來，老鼠仔，別去擔心什麼毒汁，反正你要是真的摔下去了，這身漂亮的**毛皮**可以留給我！總之……我先給你做個示範吧！」

好可怕！

藍龍手腳俐落地攀上幼繩，「嗖」地一下，他已經跨越了**深淵**。他的聲音從山谷的另一邊傳來：「加油，現在該輪到你了，老鼠仔！」

我的鬍鬚都害怕得**顫動**起來，我的上下牙也**打起架**來，膝蓋彷彿跳**拉丁舞**般抖個不停。可我別無選擇，因為這是穿過深淵的唯一方法。我小心仔細地將鵝毛筆和豎琴放進布袋，並將布袋口紮好，確保他們不會從裏面掉出來，緊接着便開始艱

難又痛苦的爬行了。這時，我頭皮發麻，嘗試**強迫**自己不去想懸崖下那一根根塗滿毒汁的尖木樁。

指南鶯的叫好聲從我耳邊傳來：「太好了，灰袍翁，你的身手不錯啊！」

我只感到手爪上的繩索隨着強風的吹動可怕地**搖擺**着，可我仍繼續向前。而且，我不得不承認，是閉着眼睛**前進**！過了好一會兒，我戰戰兢兢地睜開眼睛，想看看自己爬行到了哪裏。突然，在不遠處，一個**黑色**的小東西進入我的眼簾……他似乎正把某種液體倒在了繩索上！

幾秒鐘內，繩索開始熊熊地**燃燒**起來，並發出乾澀的斷裂聲：**噼啪！**

隨着繩索的另一端斷開了，我彷彿鐘擺般懸掛在空中。剎那間，我的身體就衝向了對面的崖壁。

我手忙腳亂地撞上了指南鶯，小鳥的身體向後一彈，撞到了**崖壁**，又筆直地向深谷中跌下去，幸好我在他墜落懸崖的瞬間，單手**接住**了他……

　　這時候，藍龍就在我的上面，焦急地呼喊着：「你們還好嗎，老鼠仔？快上來，慢慢爬，千萬別往下看！」

　　我的臉緊緊地貼着崖壁，手爪攀住晃晃悠悠的繩子，艱難緩慢地一點點向上挪移。

好可怕呀！

好驚險啊？

我的頭好暈啊！

又黑又小又掙獰，
就是我們黑精靈……

藍龍寬慰地長舒了一口氣：「好了，現在大家又可以踏上旅程了！如果我沒有記錯的話，小鳥兒告訴我們維米拉的城堡就在這附近。對嗎，指南鶯？」

「指南鶯？誰是指南鶯？我好像在哪裏聽過這個名字。」小鳥撓撓腦袋。

豎琴從布袋裏跳出來，「這是怎麼一回事？剛剛不是你告訴我們的嗎？難道指南鶯你都忘記了嗎？」

鵝毛筆嗚哇痛哭起來，墨水噴了一地，說：「**嗚哇哇哇哇哇！**

嗚哇哇哇哇哇！

「我們永遠要困在這個噩夢般的地方，走不出去了！我可不想生命就此完結，我還要寫一本藍龍的小說呢！那絕對是一本偉大的小說，是雄偉的偉，龐大的大呀！」

148

「不要垂頭喪氣，快提起精神來，我們還有仙女給我們的透視鏡呢！這樣一定能找到維米拉的城堡……」

我微笑着拉開布袋，拿起仙女送給我們的神奇眼鏡。只聽到 咔嚓 咔嚓 聲響，眼鏡已經碎成了一片片。

藍龍被嚇得嘴巴張成圓形：「哦！」

我呆呆地和應：「呃！」

豎琴歌路拉大呼小叫：

我們的命好苦呀！

「嗚哇，我們的命好苦呀！」

藍龍翻起了布袋，在裏面找了好一會，悲觀地說：「我們唯一的魔法眼鏡，現在只剩下一堆碎玻璃！看來我們永遠也找不到城堡，更別說要拯救梅麗莎了！」

這時候，我混沌的大腦突然想起來：指南鶯之前曾經將盛滿藍寶石水的 仙女之瓶 藏在了某處，我連忙詢問他：「你將仙女送給我們的仙女之瓶藏在哪裏了？」

指南鶯不客氣地啄了一下我的耳朵：「仙女之

149

瓶？什麼仙女之瓶？我可不知道什麼仙女之瓶……
我不是跟你說了嗎？我什麼都忘記啦！」

　　這下我們可完了，一切都**完了**！仙女送給我們
的禮物都不能用，就連唯一的嚮導，也因意外腦震
盪而喪失了記憶！我們還怎麼可能找到維米拉的城
堡呢？我們還怎麼可能**救出**梅麗莎？怎麼可能實現
古老的水晶預言？

　　可是，就在我們愁眉苦臉之際，一個奇怪的小
東西一閃而過……

那個一身黑色的小東西，身材矮小卻動作敏捷，只見他靈敏地從一根樹枝上，飛速**跳到**另一根樹枝上。我好奇而小心地跟在他的身後，我這樣做竟然沒有引起他的注意！

我示意朋友們，靜悄悄地尾隨這個小東西，因為行動迅速，我沒法完全看清楚他的**樣貌**，只能依稀辨認出他全身披着黑斗篷，身材比我小很多。他看上去很生氣，一邊跳躍一邊**歎氣**，嘴裏嘟囔着什麼。我豎起耳朵，試着捕捉他的話語：「倒霉，真倒霉！他們沒有死，他們還活着！他們應該被摔成果醬才對！天呀，她肯定會大發雷霆！要是我不編一個故事，她一定會喚醒戈根尼亞！」

我心裏琢磨着：為何這個小東西提到沉睡中的戈根尼亞時，表情**異常緊張**。可時間已不容許我多想，因為他已經跳到一條狹窄的小路上，接着，他從那裏發出**古怪的聲音**……

我和朋友們趕忙躲在一片灌木叢中。不久，只見一小隊黑色的小精靈神氣地從路上走來，他們的長相和我們跟隨的小東西一模一樣，身穿黑色天鵝

151

絨斗篷，上面**繡滿**了骷髏頭的圖案。

他們每一個都戴着**尖尖**的小高帽，帽子頂端掛着一個骷髏頭，裏面懸垂着一塊**小石子**，他們每走一步，石子就會碰到骷髏頭，發出讓我們毛骨悚然的聲音。他們的身上掛着箭袋，裏面裝着數支尖利的石箭，當我知道那些箭是用**骨頭**磨成的時候，我的頭便開始冒出冷汗。這些小精靈騎在彪悍的小野豬上，嘴裏唱着可怕的歌謠：

> 又小又猙獰，就是黑精靈……
> 看到你恐懼，我們最高興，
> 我們來哪裏，災難到哪裏！
> 若你想活命，還不快快溜？
> 要是不從命，莫怪我無情！

黑精靈結束了這古怪的歌謠後，他們頓時爆發出一陣可怕的**大笑聲**。他們走過的地方，就連鮮花都**垂下腦袋**，吱喳歡唱的小鳥也立即躲回林

152

黑精靈

顏色：黑色（黑得不能再黑了！）

代表石：黑瑪瑙

國王：黑咕嚕，他是霸氣的土匪

生活區域：在埋伏圈內，靠近維米拉的城堡

錢幣：精靈法郎（和精靈國所用的貨幣相同）

語言：黑精靈語

簡介：

　　黑精靈是精靈中最邪惡的種族！他們是女巫中的女巫——維米拉的間諜，也是她忠實的隨從！他們身穿黑色天鵝絨斗篷，上面繡滿了骷髏頭圖案。他們去到哪裏，就會將不幸帶到哪裏。一個小建議：一旦你看到他們的身影，（相信我）趕快遠離他們吧！

中，到處一片死寂。

藍龍用胳膊碰碰我，輕聲說：

「小心啊，老鼠仔，他們就是黑精靈，是精靈中最**邪惡**的種族！快蹲下來，希望他們剛才沒聞到你的氣味！他們可是維米拉的**間諜**！據說他們的巢穴，就在女巫城堡的附近！也就是說，我們馬上就到了……」

黑精靈在森林中一面走一面唱歌，我們靜靜地**尾隨**他們，希望不要被他們發現。

我們沿着茂密的灌木叢和陡峭

的小徑前進，直到我們看見奇怪的一幕……

　　黑精靈來到一塊巨大的石頭前面，可他們並沒有減慢騎行的速度，相反，他們還加快步伐，縱身向石頭衝過去，嘴裏唸唸有詞道：

　　穿越這裏到終點，沒有哪個能發現。女巫秘密藏在此，正反顛倒就顯靈！

　　我眨了一下眼，再看看那塊 大石頭 前面，他們竟然全部消失了！

穿越這裏到終點……

穿越這裏到終點，沒有哪個能發現

我和朋友們死死盯着那塊巨石，眼睛睜得滾圓。

那些黑色的**小東西**，到底走到哪兒去了？

就在這個時候，小徑上冒出一個孤單的黑精靈，他一邊向巨石奔去，一邊高聲地喊道：

「等一等，還有我我我我呀！」

我猛地回想起來：這不就是一路上跟隨我們，到處**做壞事**的那個傢伙嗎？那個黑精靈竄到巨石前，突然猶豫地停了下來，撓撓頭皮嘟囔着說：「天知道這是不是一個好主意？告訴她我失敗了，未能**阻止**他們？還是……」

他抓耳撓腮，尖聲抱怨道：「如果我現在逃走，她一定會派手下到處追捕我，然後把我抓回

去，因為她總能做到她想要做的……」

我渾身**顫抖**起來，他一定是在說維米拉！

黑精靈自言自語：「算了算了，我還是回去吧……回去！*走嘍！*」

他開始一路跑着，腦袋向巨石迎去，嘴裏高聲喊道：

穿越這裏到終點，沒有哪個能發現。女巫秘密藏在此，正反顛倒就顯靈！

這次我睜大了雙眼，發現黑精靈在穿越巨石前，低聲從唇上吐出一個單詞，隨即他的身體便慢慢地**消失**在巨石中，就像刀子插進酥軟的牛油間，消失了。

我連忙向朋友們宣布這一個驚人的發現：「他剛剛說出來的那個單詞，就是能夠**軟化**石頭的密碼！」

藍龍轉身問指南鶯：「你知道石頭的另一面是去哪裏嗎？」

指南鶯**尷尬**地拍動着翅膀，說：「我什麼也不記得啦！」

我已經迫不及待地想要碰碰運氣。我來到巨石前，試探性地說：「這麼說……這麼說……那個**密碼**難道就是……」

「黑精靈？」

我一邊說着，一邊將手指頭伸向巨石。可是那巨石仍無比**堅硬**。我又開始繼續嘗試：

「骷髏頭？蝙蝠？維米拉？皇后？女巫城堡？」

但是巨石仍紋絲不動，我只好將腦子裏所有的單詞全部倒出來：

「壞蛋？邪惡？狡詐？魔法？迷幻？巫術？鐘

擺？混亂？藥水？青春痘？雀斑？鼻子？」

我的聲音越來越小，越來越**沒有信心**了。

「女巫帽？護身符？會飛的掃帚？黑貓？」

藍龍靜靜地注視着我，終於忍不住開了口：「不要氣餒，我們再想想辦法吧……」

我又**累**又沮喪，連回應他的力氣都沒有了。我一屁股坐在大石旁邊，從地上撿起幾根小**樹枝**，砌出了維米拉的名字，嘴裏氣呼呼地唸叨：「維米拉，我們一定會找到你！就算你**躲**在哪裏，我們也一定會找到你！以我一身的鼠皮發誓！」

就在這時，一陣陰嗖嗖的**風**吹起來，將我砌出的圖案吹得亂七八糟，轉眼間「維米拉」最後兩個字母被吹得**倒**了過來。

就在這個時候，我的腦海中忽然浮現出黑精靈説的話：「……*女巫秘密藏在此，正反顛倒就顯靈！*」

我怔怔地望着顛倒的最後兩個**字母**，嘴裏唸叨着：「……**女巫秘密**……*正反顛倒*……」

我立即擺弄起小樹枝，並將它們按照反方向放好。

我一躍而起，奔到巨石前，手掌放在石頭上，口中喃喃説道：

「拉米維！」

話音剛落，手中摸着的巨石似乎漸漸地變軟，我的手指感覺到從外向內的吸力，藍龍的眼睛睜得滾圓的大喊着：「**太厲害了，老鼠仔！**」

鵝毛筆也贊同地説：「嗯，確實不錯，我幾乎就要決定將你也寫進 書 裏呢！」

藍龍催促大家全部回到那條狹窄的小徑上。「雖然，我並不清楚為什麼黑精靈在穿越巨石前，都會加速 **助跑**，但我們最好也這樣做。」

我開始從小徑上全速狂奔，並用盡我全身的力量撞向那塊巨石，嘴裏**高聲喊道**：

　　「穿越這裏到終點，沒有哪個能發現。女巫秘密藏在此，正反顛倒就顯靈！拉米維！」

　　在我的身體即將穿越巨石的那一刻，我突然意識到一個**可怕**的事實：在巨石的另一邊，肯定是一個「沒有誰願意看見的世界」。我驚慌地想：

「呃，那應該不是一個好去處！」

　　巨石另一邊的世界，在靜靜地等待着我。眨眼間，無數個憑空想像的畫面，滿滿地湧入我的腦海中……

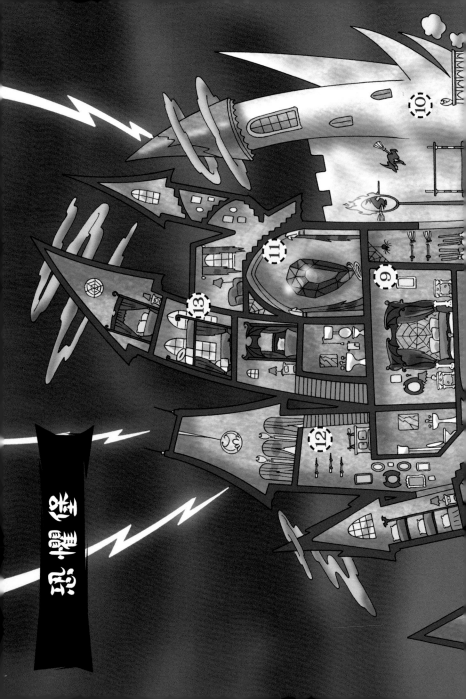

1. 入口　　　巫婆大廳
2. 巫婆大廳
3. 廚房
4. 藥劑房
5. 洗衣房
6. 城堡地道
7. 戈根尼亞所在處
8. 蝙蝠培育室
9. 維米拉的睡房
10. 女巫訓練廳
11. 儲存火餕寶石的房間
12. 鏡子室
13. 女巫室
14. 冰塞子

女巫軍團來襲！

終於，我們抵達了巨石的另一端，我的腳底下踩着厚厚的灰色雲朵，猶如空中吊橋一般，通向不遠處一座陰沉可怖的古堡。原來，這就是恐懼堡——維米拉的古堡！

一道道閃電在我們周圍「噼啪」地掠過，黑夜中的古堡瞬間被照得亮如白晝。

在慘白的電光下，我驚訝地發現：旋轉的颶風形成古堡厚厚的牆壁，雪和冰成為古堡的塔尖，烏雲堆積成古堡的塔頂，而冰塊則搭出古堡的窗戶。一個一個神秘的身影，在窗戶後輕輕地飄過。

「現在我們該怎樣做呢？」我細聲嘟囔着，面色像月亮一樣蒼白。

藍龍不解地揚了揚右眉毛。

「你居然提出這個問題，真令我吃驚！老鼠

仔，當然是向前進了，我們也只能向前進……」

豎琴的聲音從布袋裏傳出來：

「*前進，前進，向前進！*」

緊隨着是鵝毛筆的抗議聲：「還不快快住口，現在形勢十分關鍵，應該說是十分危險，十萬火急，十分戲劇……」

「什麼戲劇，我看是**悲劇**差不多！」我尖叫起來，因為我已經留意到，一大批狂怒的女巫正從城堡向我們飛來。

她們的坐騎是發出**磷光**的巨型蠕蟲，這些蠕蟲飛速地擺動着牠們兩側的翅膀，在黑暗中互相纏繞，形成古怪的曲線。

牠們的身體在半空中盤旋，忽而向下俯衝，忽而飛速爬升，忽而原地打轉，長長的身體糾纏翻滾着。

好可怕呀！ **好驚險啊！** **好頭暈呀！**

突然間，其中一隻蠕蟲發現了我。

牠抬起那**圓**而扁的腦袋，向我**獰笑**着，並露出尖利的牙齒。

在幾秒鐘內，蠕蟲張着大嘴出現在我的面前，牠向我的背部**俯衝**下來，差點就把我的尾巴咬成兩段。

哆哆哆，只差一點點，我差點就上西天啦⋯⋯

現在可不是暗暗慶幸的時候，儘管我剛剛撿回了性命，坐在蠕蟲上面的女巫正**惡狠狠**地盯着我，她的臉漲得通紅，看上去活像一頭狂怒的犀牛，她隨風擺動的衣服上綴滿了蜘蛛和蟑螂，腰間纏着粗粗的牛皮帶。她咧開大嘴，露出突出的蛙牙，並不斷地發號施令：「閃電手，向前！還有弓箭手，準備**發射**！要是被我發現你們沒有在預定的位置，你們就死定了！誰抓到這些異鄉客之後都不許獨吞！他們可是要留給陛下的！」

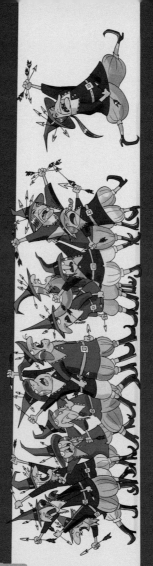

閃電手

她們全身都佩戴上閃電標槍，可以把敵人炸得四腳朝天！

弓箭手

她們的弓箭十分銳利，還塗上致命的毒液！

煙霧手

她們專責投擲煙霧彈，令敵人無所適從。

刀叉手

她們投擲刀叉的力量十分驚人，身手更是最敏健的，就連小偷也會躲不過她們的快速速度。

火餕手

小心別惹惱她們！不然你就等着被火燒熱吧！

毒藥手

她們會利用發射器，向敵人射出塗滿毒汁的小球。

臭氣手

她們會釋放出可怕的味道，任你是誰都會吃不消。

冰凍手

她們會放出淊天冰水，可以凍結世上的一切。

冰電手

她們扛著紅色的大炮，一路撒下紅色的冰電。

獅吼手

她們陰險又神經
質。最擅長用大
分貝的噪音消滅敵
人！

間諜團

她們負責監視和挖
掘秘密。擅長偽裝
自己。

秘密軍團

她們可是最危險的
人物......因為沒有
誰知道她們在做什
麼！

女巫軍團將我們重重包圍，我和朋友們開始背靠着背，迎擊敵人。

首先發動襲擊的是臭氣手，轉眼間，

一團**難聞的氣體**就向我們襲來。

我頓時被臭昏了過去，

可又馬上被**閃電手**劈來的

雷電聲驚醒了。

這是多麼令老鼠膽戰心驚的聲音啊！

一陣鬍鬚燒焦的味道，直沖入我的鼻子⋯⋯這時我才發現，我那引以為傲的**小鬍子**被徹底燒光了⋯⋯可此時已沒時間思考鬍子了，因為弓箭手釋放的**毒箭**已經向我們射過來，黑壓壓地遮住了天空！藍龍挺身衝了出去，極速地擋住了一支支的毒箭，只見藍龍有的用劍挑，有的徒手抓住，還有的用牙齒咬住⋯⋯

這時，獅吼手出動了，她們用各種惡毒的叫喊聲**騷擾**我們，指南鶯和歌路拉也毫不客氣地反擊她們：「快**住嘴**！潑婦！難道沒有人告訴你們的口水很難聞的嗎？」

我也盡力反擊，可沒過多久，女巫們就意識到我是隊伍中**最弱**的一個，她們尖聲叫嚷，彼此提醒着：「那隻老鼠沒有佩劍，也不會魔法，我們快去活捉他！」

我大驚失色：「**咕吱吱！**」

還沒等我反應過來，我已經被黑壓壓的女巫軍團淹沒了！

恐懼堡，開門吧！

藍龍意識到，只得我們幾個，實在無法抵擋如此龐大的軍團，他將利劍朝下，喊道：「我投降了，但你們別**傷害**那隻老鼠仔！」

我大聲反對：「不要，藍龍，不要啊！」

可他已經將劍放在地上，女巫們見狀一擁而上，將我們**按**在地上，動彈不得。女巫們把我們捆得像香腸一樣，並將我們綁在最長的**蠕蟲**背上，騰空飛翔，直到一道高大的 冰門 出現在我們的前方。我留意到門上刻着幾行夢想國文字，你們能翻譯出來嗎？*

*請參見第324頁的夢想語詞典。

在冰門下方的木牌上，刻上了幾行字，這裏只限以下人等進入：

男巫師、女巫婆、魔法師、鳥身女妖、術士、魔術師、老妖

我暗暗叫苦：「這裏真是一個『好』地方，出入的人沒有一個是正常的！」

一把沙啞的聲音從門後傳來：「是哪一個**傻瓜**在外面敲門？」

女巫軍團的首領嚷着：「開門，是我！」

「哼，『我』是誰？」那把沙啞的**聲音**不依不撓地問。

「我，就是女巫軍團的首領！」

「我才不相信。哼，管你是誰，快快離開！」沙啞的聲音毫不客氣。

女巫首領氣得快要爆炸了，大吼道：

「是我我我我我我！」

「我怎樣知道是不是你，首領？」那把聲音依然

十分頑固。

這時，女巫軍團的首領怒火中燒地狂吼着：「你這個**不長牙**的大蠢蛋，腦袋長滿了草的大笨蛋，當然是我，再不開門的話，我就一把火把你**烤**成肉串！」

「唔，如果你確實是你的話，讓我看看……比如說……猜猜我是誰？」

女巫首領不耐煩地說：「你是**洋蔥頭**，是我把你放在這裏看門的，這樣你身上的**臭味**才可以隨風飄散得更快！」

「唔，沒錯，確實是我……我這就給你開門吧！」

就這樣，我們總算**進入**了城堡── 一個布滿了疑團的神秘地方，看來我很快就能目睹女巫中的女巫──維米拉的真面目了！

就是她！

我們被捆在面目可憎的巨型蠕蟲的背上，那條蠕蟲展開了翅膀，在大廳裏橫衝直撞，時而閃過一堵牆，或是一件傢具，或是一隻吸血蝙蝠。

城堡的走廊猶如迷宮般迂迴曲折，到處瀰漫着冰冷的風，我的毛髮都凍得鬆了起來，一幕幕可怕的景象呈現在我的眼前：女巫們忙碌着為戰爭做準備，有的正揮動魔法棒，來試驗她們可怕的咒語。另外，也有的忙着調配咕嘟嘟冒泡的藥水，準備在戰爭中大開殺戒。還有一些在蠕蟲上發施號令，指揮蠕蟲做出各種空中動作。女巫軍團的首領還嫌不夠，高聲催促道：「孩子們，加把勁啊，她可在等着我們呢！」

她的話音剛落，所有的女巫都狂喜地歡呼道：

「好！好！好！快將獵物獻給她吧！」

女巫軍團首領在城堡中穿梭而入，直至來到一個築有巨大穹頂的房間，房間的牆壁由光滑的冰磚砌成，那些冰磚透出刺骨的寒氣，彷彿鏡子般映照着眼前的一切，這一切彷彿就是噩夢……

在昏暗的房間裏，頭骨形狀的燭台上，幾根蠟燭撲閃着微弱的光芒。

天花板上簇擁着大小不一的蝙蝠：小的，中的，大的和巨型的。他們睜着那對血紅色或暗黃色的眼睛，在幽暗中閃着兇惡的目光。

隨着女巫軍團的首領手一揮，我們幾個就被重重地摔在地上。她彎腰鞠了一躬，陰森地笑了一笑，還露出黑洞洞的嘴。

「這就是您一直等待的獵物，陛下！您希望把他們煮來吃？還是烤來吃？炸來吃？或者乾脆生吞落肚？」

我抬起頭，第一次看見她的真面目……

181

陛下，這就是您一直等待的獵物！

嘿嘿！

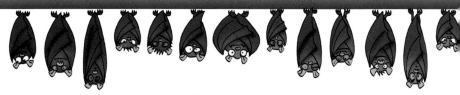

她，就是女巫中的女巫！

她的臉枯乾得彷彿風乾後的蜜桃，長長的鼻子活像個鷹鈎，鼻尖還向上微曲。她的眼睛半睜半合，但當她睜眼的瞬間，我發現那雙眼睛**血紅血紅**的，就像是來自地獄的火燄⋯⋯

只見她粗粗的眉毛動了動，伸手撫摸着身旁的寵物**巨蠍**。

她張開嘴巴露出得意的獰笑聲：

「現在，你們成了我的**階下囚**了，而水晶預言將永遠無法實現！海藍寶石亦將會落入我的手裏，我將成為永遠無法戰勝的傳奇！！！」

維米拉

米拉是女巫中的女巫，也被稱為赤燄之眼。長久以來，她一直主宰着夢想國黑暗龐大的勢力。

她在夢想國許多靈魂中擁有至高無上的權威，尤其是那些將自己出賣給謊言、邪惡、黑暗的靈魂……她賦予他們權利和力量，條件是只要他們能夠協助她，將阿祖一直守護着的海藍寶石弄到手。可也有傳言指，在很久以前，赤燄之眼維米拉並不是可怕的女巫，而是一位年輕可愛的仙女，她的眼神就如春天的天空一樣明澈。但是，沒有誰敢公開討論這些傳言，因為害怕一旦被維米拉知道誰在議論她，那個議論者的下場會比死亡還悲慘！

駱駝的痰，螞蟻的尿，還有……

這時的我才發現女巫的寶座旁邊，擠着成百隻**青蛙**。

每隻青蛙身上穿着各種**古怪**的衣服，有的披着鎧甲，有的身穿侍從的制服，有的打扮得像個君王，腦袋上還戴着皇冠……還有各式各樣的，我的眼睛都看不過來了！

維米拉用左手手指**敲打**着寶座的扶手，不耐煩地用右手指了指離她最近的青蛙：「你！給我去拿……一杯蝾螈汁、一堆鱷魚鱗片、幾滴河豚毒汁、一撮烤跳蚤、一口駱駝的痰和幾滴螞蟻的尿，記

咬啊！　我好苦命啊！　太可怕了！　真恐怖！　很害怕！　不想看

得要加冰，**明白了嗎？**」

青蛙困惑地眨眨眼，試着 **重複** 她剛才的話：「一堆蠑螈鱗片、幾滴鱷魚的毒汁，哦……還有駱駝的尿和河豚的痰，呃……我想應該還需要加些冰……」

女巫惱火地舉起魔法棒，劈頭便向那隻青蛙揮去：**啪！**

在剛才青蛙站立的地方，只剩下一小撮燒爐了的灰，女巫繼而嚷着：「下一隻！」

另外一隻青蛙哆嗦着跳上前，滿臉**恐懼**。

維米拉繼續下令：「我要一盤烤鱷魚片、一泡野豬糞便、一口駱駝的痰、一滴蒼蠅的汗、一口毒蛇的唾液，還有飛蟲的尿和蠍子的眼淚！」

那隻青蛙慌忙地**回！答**：「好的，好的，好的，遵命！」他「啪啪」地跳了兩步，回過頭不安地問：「呃，**萬惡至尊**的陛下，你剛才說的是蒼蠅的尿和飛蟲的唾液，還是⋯⋯」

女巫已經懶得回答他，只是揚起手臂，用魔法棒向他一指。我只聽見**啪**的一聲，眼前只剩下一小撮燒燼了的灰。

女巫緩緩地轉向我。

「哦，看看誰在這裏？一隻老鼠？你看上去好像較聰明，也許你的**記憶力**會好一點，但願你能活得久一點，你準備好了嗎？」

我還沒回答，她已經扯着嘶啞的嗓子吩咐起來：「你給我去拿用跳蚤皮縫製的拖鞋，蕁麻*編織成的睡袍，然後，再給我泡好一缸冒泡的岩漿洗澡水，往

＊蕁麻：大部分種類的蕁麻多屬草本植物，分布在溫帶和熱帶地區。

188

裏面放氰化物鹽、由沼澤挖來的上好泥漿，還有蒼蠅**蹭腳**的汗……哦，還要幫我準備一根用豪豬鬃毛製成的小刷子，還有用木乃伊粉製成的牙膏！另外，還要給我的寵物蠍子準備**點心**：他只吃腐爛的蒼蠅，**聽懂了嗎？**」

　　她一口氣說出這麼一串長的話後，得意洋洋地看着我，可我早在她吐出第一個字前，就掏出鵝毛筆，開始速記起來。我平靜地唸起自己剛剛寫下來的**筆記**：「用跳蚤皮縫製的拖鞋，蕁麻編織成的睡袍……最後就是要為蠍子準備好腐爛的蒼蠅點心。我說完了，沒錯吧？陛下？」

……還有蒼蠅蹭腳的汗……

你怎樣能記住所有東西？

維米拉**呆呆**地站在那裏，驚訝得好像連下巴都快要掉在地上了。

所有的女巫齊聲驚呼：「啊喲喲喲！」

赤燄之眼滿意地喃喃說着：「原來你還會寫字？很好，我封你為**隨從**。不過，好像還差點什麼……」

她再次舉起魔法棒，在空氣中揮出一道**綠光**，在我沒來得及反應前就指向我的腦袋，口中喃喃有詞：

變成綠青蛙……

哎喲！

> ＊ ＊ 變成綠青蛙，
> 乖乖聽我話。
> 若敢不服從，
> 把你朋友殺！

我只感到一陣天旋地轉，我體內的全部細胞彷彿**重新排列**了一遍。

我的腳爪變短變彎了，我的背部成了弓形，我的腦袋縮小了，我的鬍子消失了，耳朵縮進了**頭骨**內側。我的腳爪覆蓋上一層光滑的綠色表皮：那不就是**青蛙**嗎？？？

嘰嘰！

救命！

呱呱！

呱呱呱！

我剛想張口呼喊：咕吱，可我的喉嚨裏發出來的卻是古怪而低沉的叫喊：

  ！

女巫滿意地端詳着我：「太好了，這道**魔法**我從沒失手過，誰也逃不出我的掌心，不過，這次我使用得**最成功**！你們看看這隻青蛙多有趣啊？」

呃呃 呃！

我偷偷瞄了瞄我的布袋，輕輕將布袋口合上，輕聲地嘀咕：「快樂的歌路拉和鵝毛筆尼迪亞，你們可千萬別出聲，女巫還沒發現你們呢！」

在場的其他女巫，接二連三地向維米拉鼓掌歡呼：

「太厲害害害害了！陛下，這道**變青蛙**魔法，真是太精彩了！」

維米拉用**火紅**的眼睛盯着我，高聲命令道：「從今以後，你要永遠聽從我的指揮，不許駁嘴也不許出錯，否則我就把你的朋友**烤**成肉串，明白了嗎？」

我急忙點頭，她隨即爆發出一陣猙獰的大笑，繼而將視線轉到指南鶯身上。「現在輪到你了，你這個可惡的小傢伙！」

她揮一揮魔法棒，變出一根生銹的粗鐵鍊，**綁住**指南鶯的腳爪，另一端則拴在女巫軍團首領的皮帶上。

她滿意地望着跪倒在地上的女巫軍團首領，說：

救命啊！

呱呱 呱！

「這就是你為我抓回這些囚犯的**賞賜**！這隻小鳥就歸你吧！你可以當牠做寵物，或者當**點心**吃，隨你處置！」

維米拉接着將視線轉向藍龍，她**盯**了他好一會兒，狐疑地嘀咕着：「奇怪，我似乎在哪裏見過你……」

她不耐煩地說：「算了，我可沒空去想，現在我要把你關起來……」

她再次大聲嚷着：「給我拿火籠出來！」

聽到這幾個字，我渾身**顫抖**起來，指南鶯將腦袋藏進羽毛裏，而豎琴和鵝毛筆在布袋裏不斷顫抖。

只有藍龍**一動也不動**地站着。

所有的女巫興奮地嚷道：「好好好，用**火籠**，我們最喜歡火籠啦！」

她們爭先恐後地架起一個黑色的大鍋，將它放在**噼啪作響**的爐火上燒。維米拉清清嗓子，將手指關節握得「咔咔」作響，再向掌心**吐**了一口口水。

194

呱呱 呱！

她嘟囔着：「不管怎樣，如果我沒記錯的話，應該是以『**龍的呼吸**』幾個字開始⋯⋯」

她用魔法棒着藥水，將各種稀奇古怪的藥水攪動在一起，嘴裏高聲地**唱**：

> 龍的呼吸，帶刺荊棘，
> 蕁麻葉子，在我手裏。
> 硫磺石油，各放兩滴，
> 熊熊火燄，即將燃起！
> 烈燄之火，誰能超越？
> 藍龍永世，困在火裏！

吱⋯⋯

咻咻  咻！

不久，她爆發出一陣可怕的大笑聲，揮舞着魔法棒，並在地上劃出一個圓圈，隨後，三個身強力壯的女巫舉起藍龍，將他拋到圓圈當中。只見一道綠色的火燄之牆迅速沿着圓圈邊緣升起，將他團團包圍，形成一道無法跨越的高牆。

被綠火包圍着的藍龍，明白到怎樣抵抗都是徒勞

可惡！

的，他無奈地坐在圓圈中央，**垂下**了腦袋，深深地懊惱自己失去了追尋梅麗莎的機會。

這時，所有的女巫齊聲**拍起手**來：「好啊，好啊！」

維米拉命令大家：「別胡鬧了，現在全部的囚犯都解決掉，藉着熊熊**火餓**，我們一起好好享受一頓晚餐吧！你們今天都是我的座上客，來吧！孩子們！」

女巫們別提有多興奮了，進進出出地搬進破桌子、破凳子、陶瓷茶具和**石頭**碗。

隨後，她們用**叉子**敲擊桌面，急促地喊着：「我們很餓！我們很餓！我們非常餓！」

我被迫為她們下廚，將一盤盤**噁心**的食物端上了桌子……我慌慌張張地從一個女巫那兒跑向另一個女巫，還要忍受她們的嘲弄：有的女巫趁機把我絆個正着，還有的將捲心菜葉子和啃過的骨頭使勁地丟向我……

197

悽慘的一天

　　每個女巫都吃得**飽飽的**，她們才滿足地離開，這時天色已經很晚晚晚晚晚了！

　　我渾身的骨頭像散了架似的痠痛，無力地蜷縮着身體，躺在仍散發出熱氣的灶頭旁邊，終於可以暫時放鬆一下疲憊的身軀了。

　　第二天的黎明時分，維米拉就把我揪起來，連珠炮彈般向我發號施令：「青蛙，快快幫我煮一鍋蠑螈、鱷魚和蠍子！一定要味道新鮮、肥嫩又多汁！

煲蠑螈湯

用爛泥洗衣服

然後再用爛泥和駱駝毛幫我**清洗**內衣！還要把沼澤泥漿灌滿我的**浴缸**，淋上鱷魚的口水增加香味！把拖鞋快快拿給我（你可別被那味道熏暈，不然我一定不會饒你！），用大蒜頭再把窗戶洗擦一遍，一定要把灰塵塗滿才算做完。還有，你可要小心別踩到**蜘蛛網**！要是你把它們踩斷了，你必須逐條給我補好！等你把這些家務全部**做完**，你就要開始埋頭為我寫自傳，明白嗎？你還要彈奏*小曲*逗我開心……

　　「別一副哭喪着臉的樣子！因為我很清楚你口袋裏裝着一支筆和一個豎琴！你最好別**惹惱**我，否則，我會剝了你的皮做鼓，用你的豎琴做衣架，再用你的鵝毛筆做牙刷，明白了嗎？」

用沼澤泥漿灌滿浴缸

拿着臭氣熏天的拖鞋

她將一串**鑰匙**丟給我，嘴裏嘶嘶唸叨：「用這串鑰匙，你可以打開這裏所有的門……當然除了地下室那道 小 紅 門 ，那裏只有在我的睡房牆壁上掛着的鑰匙，才能打開它……」

　　她那對火紅的雙眼死死地盯着我，**威脅**我說：「青蛙！別碰那條鑰匙，也別打開那道紅門，除非你想丟腦袋！好了，現在快去工作吧，青蛙！」

　　她剛一走遠，尼迪亞就從口袋裏蹦跳出來，氣咻咻地說：「老巫婆，我肯定會為你寫傳記。我會告訴大家：你又**醜陋**，又**陰險**！」

　　豎琴歌路拉也開始吹奏滑稽的小曲，諷刺這個巫婆，我趕忙阻止他們：「噓，小聲點！你們可別拿她開玩笑！畢竟沒有了 仙 女 之 曲 ，我們可沒

什麼能阻止她……她真的很可怕！」

我懊惱地歎了一口氣。如果這時我們有 仙女之瓶 那該有多好？我比任何時候都需要它……可我連它在哪裏都不知道，試問誰又會知道指南鶯將它收藏在哪裏呢？

現在的指南鶯喪失去了記憶，找到它就更加不可能了。我沮喪地開始打掃城堡的房間，心裏被種種的憂慮壓得透不過氣，看來希望已經離我越來越遠了。

這一天快要結束的時候，我終於看到了女巫禁止我踏入的房間，我暗自嘀咕着說：「為什麼她不進我進去？她到底在那裏收藏了什麼？」

我決定取下那神秘的鑰匙，來打開這道紅色的小門，但我一踏進維米拉的睡房，就呆住了……

呱呱呱，真是噩夢般的房間！

淒慘的 一天

　　房間中的睡牀上，用了蝙蝠翅膀搭出黑漆漆的帳篷頂，上面垂下用**蕁麻**編織成的簾子，牀架全部由**骨頭**砌成，牀腳雕刻着骷髏頭的圖案，牀頭櫃上有一具由骷髏頭砌成的枱燈，上面蒙着慘然的綠色燈罩。

　　呱呱！難道這是……青蛙的皮？

　　我正準備拔腳就溜，這時鵝毛筆湊到我的耳邊，提醒了我，說：「灰袍翁，你還有重要的**使命**要完成！要是你現在就走，我就會告訴大家你是**懦夫**！你知道：我只能書寫真相！」

　　豎琴也在旁邊起哄：「加油，快快取下那條鑰匙！加油，往上面跳吧！你是一隻青蛙，你忘記了嗎？」

　　我硬着頭皮，飛身向牆上**跳**去，出乎我的意料，我的身體只輕輕一躍，就順利拿到掛在牆上的鑰匙，然後身體又穩穩地落下來。

火餤寶石監獄

我**跳**到那道神秘的紅色門前,將鑰匙插進鑰匙孔,鑽了進去。

我發現自己已經置身在由冰雪砌成的房間中,窗邊垂下了**紅色**的絲綢窗簾。

我十分驚訝地望着房間裏的景象:一顆罕見的巨大的紅色寶石豎立在房間的中央,這不正是傳說中的**火餤寶石**嗎?這也正是維米拉一直特別着意的寶物。

我慢慢地接近這枚巨大的火餤寶石,伸出手想要觸摸它,可我的手剛剛掠過它,火餤寶石就微微地顫動起來,發出一聲古怪而悲傷的音符:**叮 咚!**

我這才看到,火餤寶石裏居然站着一位非常美麗的少女,只見她眼角含**淚**,用手剝着一瓣瓣的雛菊。

哇哦……

那位少女身穿紅色天鵝絨的連身裙，被活生生的 西 在火焰寶石裏面，價值連城的寶石已經成為了關押她的監獄！

我嘗試發出聲音，吸引她的注意。

她抬起頭看見了我，那雙美麗迷人的眼睛充滿了驚訝的神情，她的聲線裏還帶着幽怨的 回音 ，這似乎是從十分遙遠的地方傳過來，「我是甜蜜的梅麗莎，也是悲傷的梅麗莎，你是誰？」

「呃……我叫**謝利連摩·史提頓**，其實我也叫灰袍翁，總之，我是個**老鼠仔**……」

那少女的眼睛瞪得更大了，她說：「可你看上去像隻**青蛙**……」

「哦，好吧，某種程度上來說，確實沒錯，可那只是……呃……短時間的變身（*希望如此！*）……總之呢，我和藍龍這次前來就是為了救你出來。別擔心，梅麗莎公主！」

少女驚訝道：「藍龍？他是*我遺失的愛人*……」

她問我：「這麼說，營救我的人在哪裏呢？」

「呃，藍龍被關在火籠裏了，而我被巫婆變成了一隻青蛙，她命令我每天服侍她……但你別**擔心**，一切都在我們的掌握之中（如果真是這樣就好了……）」

我正說着話，注意到那條鑰匙已經**鏽跡斑斑**了，我順手用抹布將它擦乾淨。我剛把它擦得閃閃發亮，突然，我聽到了一陣腳步聲，是女巫的腳步聲！伴隨着的還有她的嘟囔聲：「我居然忘了帶**魔法棒**……」

我的運氣真是太差了，女巫竟然提前回來！

她的腳步聲越來越近……越來越近……

她那對拖鞋的**臭味**越來越濃……（這種味道只要我聞過一次，就一輩子也忘不掉！）

我與梅麗莎話別，承諾會早日將她救出來，我隨即**趕忙**跳出房間，輕輕地關上房門，溜走了。

我回到維米拉的房間，將鑰匙重新掛回她牀邊的牆壁上。

時間控制得剛剛好！

幾乎就在同一時間，女巫的腳便踏進了睡房，她狐疑地望着我，繼而惱火地問：「你這個偷偷摸摸的老鼠……不對，是青蛙，你在這裏做什麼？」

我嘟囔着說：「沒……沒什麼，我正在撣……撣灰塵……」

她的雙眼彷彿快要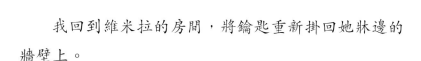，質問道：「你該不會碰過那條鑰匙吧，有沒有？」

我裝作糊塗地答：「什麼鑰匙啊？」

「打開那道紅色小門的鑰匙……我說過不准你進去！」

我反駁她說：「那條鑰匙在這裏，你沒看見嗎？你外出的時候，它一直好好地掛在牆上！」

她踮起腳，剛好拿到那條鑰匙，她留意到鑰匙被

擦拭得 **閃閃發亮** ，她向我咆哮起來：「老鼠……我是說青蛙！你會為你所做的付出代價：這條鑰匙曾經被擦拭過！你還敢說自己從沒溜進那道紅色小門入面嗎？」

我慌亂地解釋：「**不不不不不是！**我只是把它擦乾淨，並沒有溜進去，更不知道裏面有什麼紅色……」

女巫帶着勝利者的口吻打斷了我的話：「**啊哈哈哈！**如果你沒有進去，你又怎會知道裏面有一顆紅色寶石？你的話背叛了你自己，你也背叛了我，你這個**叛徒**青蛙！現在，我要把你和你的朋友，餵給戈根尼亞做點心！」

她抓住我的一條腿，將我倒吊在空中，再 **拖** 出房門。

甜蜜的梅麗莎，悲傷的梅麗莎！

女巫又氣又惱地倒提着我，一路走到蝙蝠聚居的大廳。

維米拉立刻召集所有女巫前來大廳，高聲喝令：「將我的囚犯們帶進地道，今天**戈根尼亞**又有開胃菜了！」

女巫們你一言我一語地議論起來：「戈根尼亞，哇噻噻……」

維米拉一手抓緊我的腿，一手揮舞着**魔法棒**，指向藍龍，刹那間，燃燒的火籠變成了閃着綠色火苗的粗鏈，綁住了他的腿。

指南鶯拼命衝了上去，試圖**啄**向女巫的鷹鈎鼻，可拴住她的腳的鐵鏈那麼短，限制了她的活動範圍。

豎琴歌路拉從布袋裏伸出頭高叫：「壞巫婆，放開他！」

鵝毛筆嚴肅地補充着說：「我一定會告訴大家這一切，而大家將會知道你們是多麼**殘暴**和**兇狠**！」

維米拉咧嘴一笑：「那就是我們！我們就是喜歡**殘暴**和**兇狠**！」

一羣女巫拖曳着我們，穿過用堅冰鑄成的**螺旋**形樓梯，最後停在一道由**雪花**砌成的大門前，門上以冰雹顆粒作為裝飾。她們拉動**閃電**做的把手，打開門，把我們一起推進冰冷的地下室中。我注意到：在地下室裏，有一個巨大的**冰塞子**……

維米拉一聲令下：「姐妹

們，聽我數到三，你們就拔起冰塞子！一、二、三！」

女巫們將巨大的冰塞子拔起來。

冰塞子下方有一個漆黑的深淵，在深淵的最盡頭，似乎有一團模糊的灰雲在移動，那朵灰雲形成旋渦狀的氣流，緩緩地向我們過來。

只見它逐漸加快速度，轉得越來越快，終於形成了一個超大的旋渦！

女巫們議論紛紛，說：「看，戈根尼亞……」

聽到這個神秘的名字，我的全身都顫抖起來，而女巫們也露出害怕的神情，紛紛向後退去，除了赤燄之眼維米拉。

她深色的裙邊在不停地擺動，發出沙沙的摩擦聲，她慢悠悠地向深淵邊走去，在邊緣處停下來……

維米拉大聲呼喚着：「戈根尼亞，神秘之物……戈根尼亞，快醒醒！」

可深淵裏沒有任何回應。

維米拉的聲音更高亢了：「戈根尼亞，神秘之物……戈根尼亞，快醒醒！」

這時，我才留意到深淵內詭異的變化：在煙雲形成的旋渦中，逐漸浮現出……

一張臉？

我目睹眼前可怕的情景，雙腿（應該是四腿）就像是被釘在地面上一樣，想動卻動彈不得。

沒錯，那是一張**兇惡的**、**巨大的**、**魔鬼**般的女人臉龐，她閉着眼睛，臉頰旁布滿鬈髮……

維米拉露出滿意的笑容，繼續呼喚：

「戈根尼亞，神秘之物⋯⋯
戈根尼亞，快醒醒！」

她抓住我的手腕，將我吊在深淵的上方，晃來晃去，說：「戈根尼亞，這是我給你的獵物！

一隻肥肥嫩嫩的大青蛙！

我嘶聲尖叫着：「聽我說，戈根尼亞女士，這不是真的，我不是青蛙，而是老鼠！而且我不肥也不嫩！」

聽我說，戈根尼亞女士⋯⋯

維米拉高聲呼喝道：「你給我住嘴！」

可戈根尼亞仍懶洋洋地閉着眼睛，維米拉**氣惱地**把我扔在地上，說：「老鼠……我是說青蛙，看樣子你的肉還不夠鮮美，引不起她的食慾。來吧，把他的朋友——那個騎士給我拉過來，他的身體更**強壯！**」

她拍拍手，十三名巫婆合力扯動着捆綁在藍龍身上的綠色鎖鏈，將他拖向深淵邊緣。

維米拉焦急地繼續呼喚：「**戈根尼亞，神秘之物……戈根尼亞，快醒醒！**」

可深淵內仍無任何反應。

維米拉愣住了，她呆呆地尋思了好一會，高聲喊道：「好吧，戈根尼亞，我會給你帶來更美味的食物！我知道你一直在等待她，等待你真正的**獵物！**我已經捉到她了，接下來，我會搶到海藍寶石，而夢想國將會是我的了，全都是我的了！沒有誰再能阻止我！**啊哈哈哈！啊哈哈哈！啊哈哈哈！**」

維米拉揮動着魔法棒，瞬間劈過一道**紅光**，火燄寶石出現在我們的面前。維米拉走上去，輕輕撫摸着寶石表面，直到寶石中心被火光**照亮**般閃耀起來，而梅麗莎甜蜜而悲傷的臉龐亦浮現了出來。

看到這一幕，就連我平日認為最堅強的藍龍，也無法抑制自己的情感了。**淚水**沿着他的臉龐滾落，他傷心地喃喃唸着：「梅麗莎……」

維米拉將手伸到斗篷內，摸出一張密密麻麻的蜘蛛網，嘴裏唸叨着咒語：

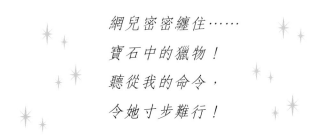

> 網兒密密纏住……
> 寶石中的獵物！
> 聽從我的命令，
> 令她寸步難行！

隨着她的手一揮，那張蜘蛛網頃刻間罩在了火燄寶石上，令我驚異的是：那張**蜘蛛網**着了魔似的逐漸鑽進了寶石裏面！

維米拉開始用力拉，似乎網的另一端裹着**沉重**的獵物。隨着她最後的一下使勁，一個被蜘蛛網纏住的人形軀體從寶石中分離出來：那不正是甜蜜而悲傷的梅麗莎嗎？

藍龍大聲呼喊：「梅麗莎，**我一定會救你出去！**這麼多年來，我沒有一天不在想你！」

維米拉爆發出一陣猙獰的狂笑：「很感人的話啊！不過我看這**不可能**了，就連你那隻老鼠……我是說青蛙，你都**救不了**，還有你那可憐的小夜鶯呢！哇哈哈哈哈哈……」

219

唧唧 喳喳 滴滴 啾啾

　　女巫們押着少女，將她拉到深淵前。這時，梅麗莎才看到了藍龍，她喃喃地向他告別，聲音**甜美**得像蜂蜜，卻**淒涼**得像沒有日光的寒冬清晨，她說：「我遺失的愛人，只怪我們相逢太晚！現在沒有誰能**救我**了，我會永遠惦記着你的臉容……」

　　女巫們扯着破嗓子，怪笑着說：「來呀，小美人，戈根尼亞正等着你呢，她就快等不及啦！」

　　隨後，她們將她按在深淵旁邊。就在此時，戈根尼亞一直緊閉的眼睛張開了，那目光中的**猙獰**，嚇得我渾身像篩糠般顫抖。

　　戈根尼亞伸出青黑色的舌頭，張開肥大的嘴唇，露出**鋒利**的牙齒。隱藏在牙齒後的，是黝深的黑洞，深不見底……

維米拉催促道：「快快將那女孩扔進去！」

我拚命向維米拉跳去，用盡全力阻止她：

「你們不能把梅麗莎扔下去！

她冷冷地向我笑道：「還輪不到你這隻老鼠……我是說青蛙，來教訓我該做什麼，不該做什麼！」

眼前幾個最強壯的女巫走上前，用手臂抬起梅麗莎。

此刻，藍龍發出一陣憤怒的大喊：

聽到他痛苦的怒吼，女巫們笑得更猙獰了，說：「她又年輕，又單純，又甜美，一定很合戈根尼亞的胃口！」

親愛的讀者們，
情況真的

十萬火急。

在我遊歷夢想國的
多次旅程中，
我從未經歷過
如此危險的情況……
可就在這時，沒錯，
剛巧就在這時，
情況突然有180度的
大轉變……

總之，就像我和你們說的一樣，女巫們正要把梅麗莎扔進深淵，此時女巫軍團首領的腳絆倒在她裙襬的破布中⋯⋯

　　她狠狠地摔向地面，腰帶上那拴住指南鶯的鐵鏈「咔嚓」一聲斷了開來，小鳥掙脫了她的魔爪⋯⋯

　　指南鶯自由啦！

　　他正要展翅高飛，發狂的女巫軍團首領立刻提起一把掃帚，劈頭向他砸來，嘴巴裏高聲嚷著：「快回去，你這小傢伙，還想逃到哪裏去？」

哎喲！

嘿唷，
打得我好痛喲！

指南鶯一會兒閃到這兒，一會兒飛到那兒，左搖右擺地像個醉漢，嘴巴裏嘟囔着：「喔唷，打得我好痛啊！」

隨後他一臉驚訝地看着我：「灰袍翁！藍龍！現在我想起來了，全都想起來了：那個深谷……還有幼繩……我腦袋撞上了懸崖……」

我絕望地嚷着說：「好吧，要是你還能夠想起將盛滿藍寶石水的 仙女之瓶 藏在哪裏的話！就快快告訴我！」

指南鶯「嗖」地竄到我的長袍上，用小嘴將我長袍的一邊掀起來，帶着勝利者的眼神看着我，又小心、仔細地從細密針線縫補着的袍子邊緣裏，拉出了盛滿藍寶石水的 仙女之瓶！

原來盛滿藍寶石水的仙女之瓶就藏在這裏！

我明白了：他一定是在我睡覺時靜悄悄地放進去的⋯⋯難怪我當時在睡夢中，好像有誰在悄悄地拉起我的衣服！

　　指南鶯敏捷地將一滴藍寶石水滴在我的頭上，嘴裏輕快地鳴叫：唧唧喳喳滴滴啾啾！

　　我感覺身上一陣酸麻，隨後我的鼻子開始變癢，癢得我忍不住去抓！

　　就在這時，我發現自己的身體開始起了變化⋯⋯我的鼻子變得像老鼠鼻子一樣又長又尖，我的毛皮像老鼠皮一樣光滑，我的鬍鬚像老鼠一樣神氣！

呱呱呱！

哇噻！

在我的臀部，似乎有什麼正在生長……

是**尾巴**，是老鼠的尾巴！

我的前腿和後腿開始拉長：我的個子開始長**高**，越來越**高**。在這一片混亂中，我意識到自己恢復了本來的模樣。我終於恢復了自己老鼠仔的身分，我終於又是我啦！

我**開心**地大喊：「我又是我啦！我是老鼠仔，咕吱吱！」

所有的女巫動也不動，萬分驚呆地盯着我，嘴裏不住地驚歎：

哇哇哇哇哇！

太好啦！

我是老鼠仔！咕吱吱！

藍寶石水，仙女的聖水！

維米拉大聲喝令：「快抓住那隻老鼠！**快快快快快！**」

女巫們有些慌亂，將梅麗莎擱在深淵旁邊，紛紛向我衝過來，嘴裏發出可怕的聲音：「我們要捉住他！」

指南鶯將盛滿藍寶石水的**瓶子**拋向我，說：「灰袍翁，快快將水潑到女巫身上啊！」

我一躍而起，抓住瓶子，將裏面的液體倒在維米拉身上。她驚訝地**看着**我，因為她沒想到我居然有膽量去襲擊她！隨後，她狂吼一聲，便撲到我的背上，她呼吸中透出的**惡臭**差點把我熏暈。

我嚇得連聲高叫，突然，她的身體開始變軟，從她的嘴裏騰出了一股**灰煙**，將她圍繞起來，遮住了我的視線。當這片灰煙逐漸地散去後，地上只剩下一

堆灰爐。

　　就在這一眨眼間，我們的位置也發生了變化，我們發現自己已站在了城堡外面，而城堡開始奇特地改變起來。

　　我目睹眼前的巨變，眼睛瞪得**滾圓**。我搖一搖，裏面**一滴**聖水也沒有了，只好遺憾地將瓶子放進口袋。

　　女巫們迎着強烈的陽光，紛紛用關節粗大的手掩蓋着面孔，發出痛苦的哀鳴：

「不要哇哇哇哇哇哇哇哇哇！」

　　可很快哀鳴就轉化成悦耳的聲音：

「哇哦哦哦哦哦哦哦哦哦哦！」

　　當女巫們垂下手時，她們的臉容開始扭曲……她們居然變得漂亮了，應該説是**漂亮**極了，她們變成了仙女！

　　她們的頭髮變得柔順，她們的皮膚變得光滑無瑕，她們的表情變得溫柔祥和，她們骯髒破爛的女巫

長袍不見了，逐漸變換成了五顏六色的絲綢長裙！

戈根尼亞的臉龐也開始改變：她那張可怕的臉龐逐漸變成了點點的繁星，融合在天空了。

至於一直束縛着藍龍的火籠──巫婆最後的法術也消失了，只在原地留下一縷青煙，藍龍從煙霧中大踏步走出來，他恢復自由後最想看見的第一個人，當然就是梅麗莎！他向她全力奔去，用強壯有力的雙手舉起心愛的梅麗莎。

「從今以後，再沒有任何事情能將我們分開了！」

這裏有多少位
仙女沒有翅膀？

就連女巫軍團的首領，瞬間也變了另一個模樣：她的臉容變成一位慈祥的仙女婆婆，她的頭髮變得銀白，眼珠蔚藍，頭頂上原本戴着的女巫帽子也消失了，變成了仙女們經常配戴的尖頂帽，上面還垂下輕薄的**長長**的玫瑰色面紗！

她向我們走來，她的裙邊在不停地擺動，發出沙沙但悅耳的摩擦聲。

她彬彬有禮地對我們說：「朋友，謝謝你們拯救了我們！我的真名叫做**阿米思亞**……事實上，我們早已丟失了自己的過去，一直臣服在維米拉的**魔法**下，可是到了現在，我們重新憶起了以往的一切。」

指南鶯發起牢騷說：「你們可真**走運**，竟不用像我這樣撞破腦袋，才能重新回憶起一切！」

豎琴歌路拉和鵝毛筆尼迪亞齊齊從布袋裏鑽出來，打趣道：「指南鶯，你的記憶力恢復了正常，但你的脾氣還是那麼**壞**！」

阿米思亞一面微笑一面愛撫着指南鶯金色的羽毛，説：「很久以前，維米拉曾是仙女中最可愛、最甜蜜、也是最**快樂**的一個，而我一直是她的乳母，和她的老師……有一天，她離開了我，前往**未婚夫**的城堡探望他，她去了整整一年，誰也不知道當時發生了什麼事，可當她回到這裏後，她便變成了一個**心狠手辣**的巫婆，並將我們所有人，甚至我們居住的城堡，都全部改變……」

説着説着，阿米思亞輕聲歎了一口氣，擦乾眼角的**淚水**，搖搖頭，安慰自己道：「現在沒有時間哭泣了。畢竟已經是過去，永遠不會再重來了。」

235

心的印記

　　藍龍大步地向我走來，緊緊握住我的手：「謝謝你，老鼠仔，我終於找到了**失散多年**的愛人。現在，該輪到我幫助你完成仙女託付給你的使命了！」

　　梅麗莎微笑着說：「我也和你們一起去，灰袍翁。如果沒有你們的幫助，我現在還困在火燄寶石中呢！」

　　阿米思亞驚訝地看看藍龍，又看看梅麗莎。

　　她驚訝地叫了起來：「可是……他們居然在前額上都印有一顆心！這麼說，你們三個就是水晶預言*傳說中的『三位勇士』了！你們還記得水晶預言的開始是怎麼說的嗎？」

　　我們搖搖頭，她微笑着說：「兩顆心融為一

＊請參見第42頁。

體……並不只是你們額頭上的心型圖案匯集在一起，而是你們兩顆**相愛**的心融合在一起！現在你們要開始踏上另一條艱難的征途了：就是將**火燄寶石**和**海藍寶石**結合！」

我擔憂地說：「沒錯，這正是水仙女託付給我的任務，可我們怎樣才能把這麼巨大的火燄寶石**運**到光輝峯上呢？」

指南鶯自告奮勇地說：「當然……你們需要一個**嚮導！**我會與你們同行，灰袍翁！」

我會與你們同行！

我也要去

「可以，但拜託你別再患失憶症了，指南鶯！」鵝毛筆打趣道，「我也會和你們一起去，不然你們又怎能用我這支神奇墨水筆來**書寫**偉大的傳奇呢？」

還有我！

「還有我！」豎琴歌路拉尖叫道，「他們要是都要去，我也要去，因為我的**歌聲**能讓你們陶醉！」

「你能把我們的耳朵震聾才對！」鵝毛筆反駁道。

藍龍**微笑**着說：「好了，別吵了，人多好辦事，朋友們，我們一起出發吧！」

阿米思亞贊同說：「很好，你們的友誼很深厚，這會幫助你們度過各種**難關**和**艱險！**至於如何搬運巨大的火燄寶石，就要我出手了……」

238

　　她手裏握着魔法棒，思索了一會兒，說：「呃……我倒是有一個好主意，就是利用仙女的**魔法**！不過……我可以把南瓜變成一輛馬車……算了，這太**沒趣**了！要不然把胡蘿蔔變成一匹馬？算了，這也**沒用**！要不然把老鼠變成一條龍？算了，這太**沒有關係**了！」

　　她皺起眉頭不斷地在原地打轉，我們緊張又擔憂地望着她。

　　阿米思亞突然拍拍腦袋，說：「對呀，有了！為了方便你們，我可以變出巨大的**天鵝**銜住銀色的網！這個魔法以前可沒有任何仙女用過啊！」

　　阿米思亞將魔法棒瞄準在城堡附近的水塘中**游泳**的七隻小天鵝，口中唸唸有詞：

咪嘛，咪嘛，咪嘛，快長大！

咪嘛，咪嘛，咪嘛，飛翔吧！

天鵝的體形轉眼間變大了！

緊接着，阿米思亞採下三根小草，握在手中，用魔法棒對着小草命令道：

　　咪嘛，咪嘛，咪嘛，快長大！

　　咪嘛，咪嘛，咪嘛，結網吧！

三根小草飛快交錯地生長着，一會兒就形成了一張結實的銀色大網，嚴嚴實實地裹着火燄寶石，並纏在天鵝的身體上。

　　阿米思亞拍拍手，仙女們立刻張開她們輕巧如花瓣般的翅膀，揮舞着魔法棒各自忙碌起來：有的在準備我們出發的糧食，製作仙女們平日食用的蛋糕；有的準備斗篷和熨衣服；有的為藍龍的坐騎梳理鬃毛；有的為我縫補衣服的破洞；還有的準備旅途中所用的地圖……

　　等到大家都準備就緒，藍龍和梅麗莎便跳上馬

兒，天鵝們亦張開了翅膀，準備飛向長空。

　　豎琴唱起了告別的樂曲，仙女們**感動**地紛紛揮手和我們道別。

　　這時，我才**尷尬**地發現：自己原來沒有任何坐騎。

　　阿米思亞拍拍腦袋，說：「哦，我真大意！我現在就用魔法……可是我們附近沒有天鵝了，你只能將就一下乘坐**多嘴鴨**嘍！」

阿米思亞呼喚着說：「多嘴鴨，快到這裏來！」

很快，一隻胖乎乎的小野鴨從蘆葦叢裏游了出來，發出歡快的叫聲：**「嘎嘎嘎，我在這兒！」**

阿米思亞揮舞着魔法棒，對準小鴨唸唸有詞：

> 小鴨小鴨胖乎乎，
>
> 變成坐騎圓嘟嘟！

小鴨的身體飛快地成長起來，不一會就長成了雄壯有力的**大野鴨**，他張開有力的翅膀，準備向光輝峯飛去……

多嘴鴨

當赤燄之眼維米拉還是一名仙女時，小鴨是她最喜愛的寵物。當她變成了一個可怕的巫婆後，她仍要把他留在身邊……於是就把他變成了一隻巨蠍！

光輝峯

光輝峯

隨地擲痰的食肉魔軍團

天鵝們載着火焰寶石，振翅飛上藍天，多嘴鴨擺動着腳蹼，伸出有力的翅膀，也**搖搖晃晃**地飛上天，指南鶯停在我的背上休息，鵝毛筆夾在我耳朵上睡大覺，而豎琴則躲在布袋中，時不時鑽出小腦袋來享受碧空的美景。我愜意地放鬆自己，心想：看來我的後半段旅程會十分**輕鬆**，將是一段非常寧靜的旅程……

可是我想錯了，我真的想錯了！

才過了幾分鐘，指南鶯、尼迪亞和歌路拉就**吵**得不可開交。

豎琴高聲宣布：「我剛剛為藍龍和梅麗莎的愛情譜寫了一首感天動地的樂曲。你們還不快快**住嘴**，洗耳恭聽？」

隨後他高亢的聲音刺激着我們的耳膜：

「噢我的真愛愛愛，內心多歡快快快！」

鵝毛筆大聲抗議：「多可怕的歌詞！求求你，灰袍翁，快叫他安靜下來吧，不要打擾我的**思路**！」

指南鶯也不客氣地插嘴説：「你們都住口！我正在觀察地形呢！」

而我的坐騎多嘴鴨，還沒習慣長時間的旅程，身體一會兒衝向**東**，一會兒竄到**西**，嘴巴裏不停地抱怨：「嘎嘎嘎，你太重了，灰袍翁！你平日就不能少吃一點嗎？嘎嘎嘎，什麼時候我才能返回蘆葦叢啊？」

哎喲喲！

我趕忙安撫他說：「加油，等我們完成任務，大家一定都會為你的**勇氣**喝彩！」

「嘿嘿，那倒是，嘎嘎嘎……」多嘴鴨自豪得連羽毛都挺起來了，「這麼說……大家要為我**喝彩**的，還有我潔白的羽翼，我嫩黃的小嘴，我優雅的外表……難道你們還沒發現我具有優秀的氣質嗎？那就是氣度不凡，智慧超羣，動感活潑而且謙虛低調。」

這一刻，我終於明白了**多嘴鴨**的名字由來了，正是因為他太饒舌和太囉嗦，而且能滔滔不絕地一直這樣嘮叨下去。

我的命好苦啊……這個旅程也太折磨了吧！

我真迫不及待想儘快去到目的地……

在我們上路第七天的黃昏時分，一座覆蓋着皚皚白雪的**山巒**映入我們的眼簾，在夕陽的照耀下閃閃發光……

我充滿希望地感歎道：「你們快看那邊！那不正是……」

「那正是光輝峯！」我們的嚮導插嘴進來，順便

自我誇獎一番：「從今天開始，請你們不要再叫我指南鶯，而應該稱呼我是歷史上最專業的嚮導！」

藍龍示意大家**停**下來，並勒住韁繩，跳下馬向梅麗莎伸出一隻手，梅麗莎擺擺手，自己輕快地從馬上跳下來，藍龍望着心愛的人，**贊許**地微笑着。

我笨拙地從多嘴鴨身上往下爬，他大聲催促我：「嗨，還不快下去？」

我和朋友都集合在一起，正在討論接下來應如何行動，突然聽到一陣尖銳的哨聲：

嗖嗖嗖嗖嗖嗖嗖嗖！

我們警覺地四處張望，試圖弄清楚這把聲音從哪裏傳來。這時，我突然注意到：從四周大樹的樹幹上，淌下來一塊塊髒兮兮而滑溜溜的凝膠狀東西。

251

隨地擲痰的 食肉魔軍團

轉眼間，數以百計邪惡**食肉魔**的嘴臉從茂密的樹冠中冒出來，「噼哩啪啦」地向我們投擲**黏糊糊、滑溜溜**的球狀物，這和剛剛從樹上淌下來的凝膠狀物質十分相似。

指南鶯上氣不接下氣地提醒大家，說：「他們是食肉魔！會吐痰的食肉魔！他們向我們扔的東西，就是他們的秘密武器——**濃痰**！」

原來這就是我們剛剛看到的凝膠狀物質啊！

秘密武器1號

濃痰

在進攻獵物前，懂得吐痰的食肉魔會咀嚼橡膠樹的果實，這樣，他們的嘴巴裏就會慢慢分泌出一種綠油油而難聞的膠狀物，這就是濃痰！隨後，他們將這些可怕的物質揉成球形，擲向獵物，使得獵物難以掙脫逃身……

快快打噴嚏！

藍龍嘟囔着説：「指南鶯，你不是一位專業嚮導嗎？你應該早點告訴我們這裏住着會**噴痰的食肉魔**啊！」

豎琴也在旁邊附和着説：「就是嘛，你只會在我們被**攻擊**後才通知我們！」

藍龍將自己的盾牌遞給梅麗莎，但是她拒絕了。

「我也會戰鬥的！」梅麗莎拾起一枝**樹枝**，堅定地説。

於是藍龍和梅麗莎開始並肩作戰，他們配合得十分有默契，令兇惡的食肉魔也不禁往後退。

看到這一幕，我也決定盡自己的一分力量，我撿起食肉魔丟過來的**球狀物**，使勁地「回贈」給他們。

指南鶯張開小嘴，毫不留情地啄向食肉魔的鼻

子，鵝毛筆在食肉魔的脖子上蹭來蹭去，令他們周身發癢，豎琴歌路拉則彈奏起尖銳的音符，試圖**震聾**食肉魔的耳朵。

這個時候，一隻又大又肥的女食肉魔，看上去像是食肉魔首領的太太，她用可怕的大鼻子用力地吸了一吸，再高聲地呼喚同伴說：「現在光憑擲痰已經無法擊敗他們了⋯⋯必須使出我們的秘密武器：噴嚏！」

隨後，她開始一連串地打噴嚏，引得其他的食肉魔也紛紛仿效。我不想告訴你們的結果，因為我們已經被他們噴出的黏糊糊的物質沖倒了⋯⋯ㄟ噁！

秘密武器2號
噴嚏

食肉魔的2號武器就是噴嚏，而且是接連不斷的噴嚏。看看顯微鏡下他們的噴嚏所包含的物質吧！

噴嚏所含的事團

　　我們趕忙躲在石頭後面，只有藍龍挺身而出，伸出寶劍刺傷了食肉魔的臀部，他們隨即嗷嗷地向後**逃竄**。

　　食肉魔們意識到，就連第二個秘密武器也無法**擊敗**我們。於是一隻身形渾圓的小食肉魔（也就是首領的兒子）大喊着：「濃痰和噴嚏都無法對付他們……只好用最後一招啦！」

　　嗝嗝嗝嗝嗝嗝嗝嗝嗝嗝嗝嗝嗝嗝嗝嗝嗝！

　　頓時，一陣颶風向我們襲來。**颶風**所到之處，鮮花枯萎，樹葉凋零！

我們差點就被**吹到**天上去了！為了抵抗狂風，藍龍用一隻手死死拉住一棵大樹，梅麗莎則拉住藍龍，我拉住梅麗莎，而指南鶯則拉住我的衣袖，大家看上去狼狽極了！嗚呼！

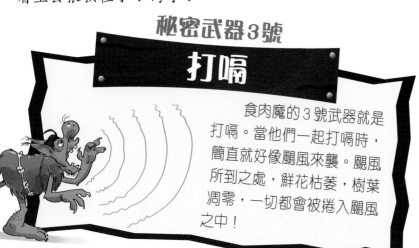

秘密武器3號
打嗝

食肉魔的3號武器就是打嗝。當他們一起打嗝時，簡直就好像颶風來襲。颶風所到之處，鮮花枯萎，樹葉凋零，一切都會被捲入颶風之中！

義勇的花精靈

當一切看上去完全失控的時候，**意想不到**的事情發生了。

當小食肉魔還在兇狠地向我們展開攻擊時，他身後的同伴突然臉色變得比莫澤雷勒乳酪還要**蒼白**。◇◇◇◇◇

食肉魔左顧右盼地尖叫：「**哇啊啊**，這是什麼可怕的味道？」

食肉魔開始尖叫起來：「**哇啊啊**，這好像是花朵的味道！」

就在這時，成百上千的小精靈從我們眼前的草坪上冒出來，他們的身體和青草一樣綠，他們的翅膀彷彿花瓣一樣五彩繽紛，難怪他們一直隱藏在草叢中，從未被發現。

其中一個（似乎是他們的首領）號召大家說：

「**快用花香發動進攻！**」

食肉魔還來不及掩住鼻子（食肉魔的身材滾圓，反應也比較遲鈍），花精靈們已經發動了進攻。他們張開小型的彈射器，噴射出散發着濃郁玫瑰花香氣的香精小球，雨水一般密集地落在食肉魔骯髒的背上、破爛的衣服上、黏糊糊的頭髮上。

還有一些小精靈，大力地操作着隱藏在灌木叢

和玫瑰花叢中的大風扇。

　　鵝毛筆好奇地從我的口袋中探出頭來，注視着眼前的一切，驚喜地叫了起來：「灰袍翁，別擔心，我會把這一切都 記錄 下來的！」

　　我趕緊把他按回口袋裏，說：「安靜些，小心食肉魔把你撕成碎片！」

　　指南鶯 壯起膽 啄向食肉魔，多嘴鴨也加入了戰鬥，我、梅麗莎和藍龍則一動也不動，生怕自己踩傷了腳下這羣義勇的小精靈。

這是一場

臭味和香味

的激烈戰鬥！

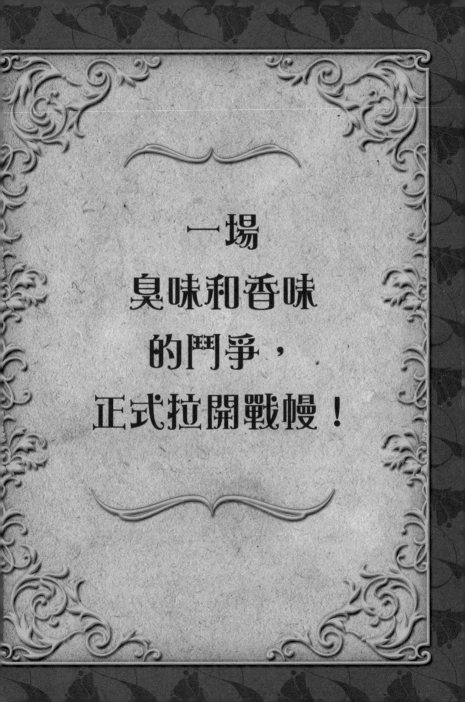

聞聞這裏！

揉一揉、聞一聞
這場戰爭中的
臭味和香味吧！

花精靈部落

顏色：綠草坪的顏色

幸運石：電氣石

成員：綠草坪和雷
鳴瀑的國王、嫩
芽的擁有者、花
瓣的守護神、風
鈴草的使者

住所：花精靈的
宮殿名叫蓓蕾宮

王國的士兵：護城河內的青蛙士兵，而鈴蘭和櫻花草
則是綠草坪的士兵。

錢幣：精靈幣

語言：精靈語

簡介：這是精靈國中數目最多的一個部落。他們隱居在
草坪中，他們的翅膀與五顏六色的花瓣十分相似，因此
並不會引人注意。他們善良慷慨，隨時準備幫助他人！

最後食肉魔倉皇 **逃跑** 了。

看着食肉魔遠去的腳印，花精靈們開始歡呼起來。

「我們**贏**了！」

「他們逃跑了，我們贏了！」

不久，他們開始在草坪上**快樂地**跳起舞來，從一朵花上翻筋斗到另一朵花，而蜜蜂和蟋蟀則在一旁彈奏着**管弦樂**。

我跪在草地上，將身體湊到和這些小精靈一樣的高度，**直視**着他們的雙眼，表達自己的謝意。其中一對全身綠色的可愛小精靈，「噌」的一下**躥**到我的鼻尖上。

「我叫鈴蘭，她是我的太太櫻花草。我們是綠草坪的士兵，你一定就是灰袍翁吧，而你就是藍龍……至於這一位漂亮的女士，一定就是**甜蜜**的梅麗莎

吧!」

他們有禮貌地鞠了一躬,在我的鼻尖上也保持着完美的平衡。

「歡迎你回來,*公主殿下*!」

我代表我的同伴感謝他們:多虧了他們無私的幫助,我們才能從食肉魔的突襲中**逃脫!**

梅麗莎的力量

　　既然現在安全了，朋友們都和我聚集在一起，商量如何攀登光輝峯。

　　我擔憂地嘀咕着説：「我們怎樣才能爬到那麼高的山峯啊？」

　　藍龍回答：「這倒不是真正的問題，老鼠仔！真正的問題是：我們怎樣才能實現水晶預言？我們已經拿到了火焰寶石，兩顆心也已經融合在一起了，可只有我們實現預言中的母子重聚、夫妻重逢時，兩顆寶石才會合二為一！」

　　指南鶯嘟噥説：「我到現在都沒有看過什麼母或子！連祖母或姪子都沒有……更別提什麼夫妻啦！」

　　梅麗莎微笑地撫摸着指南鶯的小腦袋，安撫他的情緒。

264

我決斷地説：「你們説的有道理，我也不知道究竟如何實現預言，可是我們別無選擇，只有全力以赴！

我們只能一路走到最後！」

藍龍重重地在我背上捶了一拳，幾乎將我打得眼冒金星，大聲説：「説得好，老鼠仔！那還等什麼，快起程吧！」

隨着藍龍的手勢，天鵝們銜起運送火燄寶石的銀網，輕快地飛上天空。

我們目送着天鵝在天空的身影，過了一會兒，藍龍撫摸着他愛馬的鬃毛，在他耳邊輕聲低語：「我的戰馬，我的朋友，你不能和我一起去，因為我們要去的地方會越來越陡斜崎嶇，→你和多嘴鴨一同返回阿米思亞的城堡吧！」

馬兒默默地點點頭。

多嘴鴨不安地拍動着翅膀：「嘎嘎嘎，我們什麼時候可以再見？」

我安慰他：「很快，別害怕！」

多嘴鴨和駿馬與我們告別後，**雙雙**向阿米思亞的城堡走去。

就在這時，梅麗莎一把抽出藍龍的寶劍，隨着銀光一閃，她果斷地**割破**了衣服的長長裙襬，令行動更自如。

她迅即將長髮**紮起**，隨後將割下的裙襬包在頭上，挽成**紮頭**的絲巾，然後堅定地看着我們說：「我準備好了！」

等一等……

藍龍欣賞地看着她：梅麗莎的內心比她的外表更**強大**。看來，她和藍龍確實是天造地設的一對啊！

　　我也戴上帽子，披上斗篷，與他們繼續前行。

　　我們走了整整一夜，第二天的黎明時分，我們便開始了漫長的登山路程……我老鼠的小短腿不時都會在結了冰的地面上**打滑**，刺骨的寒風一刻也不停歇，呼呼地灌入懸崖上每一道縫隙，橫掃我們正賣力攀登的**冰拳**，就連運送火燄寶石的天鵝也**氣喘吁吁**，強風猛烈地吹動着運送寶石的銀網，似乎隨時要將它撕出一個大洞。

我準備好了！

　　不知道過了多久，銀網突然**破**了，火燄寶石筆直地向結冰的地面墜下來，發出一聲巨響，它徑直落在我的身旁，差點砸斷了我的尾巴！

267

我尖叫着向後退去：「**哇呀呀**，我以一千個莫澤雷勒乳酪發誓，差一點兒就沒命了！」

看來我們別無選擇，只能親自運送火燄寶石了。任憑寒風捲起漫天雪花，刺骨的冰雪颳在臉上，我們也努力地**推**呀**拉**呀。

我們一語不發地在暴風雪中前進着，希望省回更多的氣力。

那一刻，藍龍扭過頭，張開因為寒冷凍得**顫抖**的嘴唇問：「你還好嗎，老鼠仔？」

我吃力地擠出幾個字：「還……還好，藍龍。」

豎琴抗議道：「不好，應該說，**非常不好**！」

還沒等我掩住他的嘴，豎琴就大聲唱起了小調：

「嗚哇嗚哇哇，我們肯定會失敗！」

藍龍趕緊提醒他：「噓噓，小心引起**雪崩**……」

他的話音剛落，一陣**沉重**的轟隆聲從山上傳來……

幾秒鐘後，巨大的雪球捲着厚厚的**積雪**，沿着山脊向我們滾滾而來。

穿過這道珍珠門……

就在這千鈞一髮之際，藍龍大喊一聲：「跟我一起做！」

他閃電般拉住梅麗莎，如同跳上**滑板**一樣踏上火燄寶石。

我也手腳並用地爬上了火燄寶石。

我們筆直地向山谷**滑下去**去去

我們落到了一處山谷中，誰也停不住這飛快的速度，於是大家直直地摔進一堆積雪中。

　　我們費勁地從**齊身**高的積雪中爬起來，這時才發現在前方有一道金色的**門**，門上鑲嵌的**珍珠**在夕陽下閃着光芒。

　　兩名身穿潔白鎧甲的士兵，莊嚴地站在門的兩側，一言不發。

　　我用力揉揉眼睛，難道自己是在**做夢**嗎？

　　可那士兵居然大踏步向我們走來，對我們説：「歡迎來到**阿祖利亞**——阿祖的領地，也是海藍寶石的守護之城。」

　　我們好奇地步入那道金色的大門，驚訝地張大了嘴巴⋯⋯

　　一個神奇的世界展現在我們的面前，這裏的一切都由忌廉般潔白**柔軟**的雲朵堆砌而成。

271

我們拖着笨重的火燄寶石，在這條巨大神秘的城市街頭行走，雲彩堆成的建築**瑰麗**而**神奇**，隨着微風不斷變幻着圖案。沒過多久，阿祖利亞的居民們紛紛停下腳步，欣喜地注視着我們。

　　這裏每個人的臉容和衣裳都透出**七種斑斕的色彩**：紅、橙、黃、綠、青、藍、紫。

　　我從未見過如此快樂而多彩的民族！

　　他們**好奇**地注視着我們，看着我們議論着：

　　「是他們！」

　　「*真的是他們？*」

　　「*沒錯，是他們！他們*就是水晶預言中的**英雄**！你們看到了嗎？他們運送的就是火燄寶石！」

　　我澄清道：「呃，說老實話，我們可不像英雄那麼偉大！我們只是把火燄寶石運來了，卻沒實現水晶預言，因為我們還未找到那對傳說中失散的母子和夫妻……」

一位少女出現在我們的面前，說：「別**擔心**，你們已經盡力了，其他的就交給阿祖——海藍寶石的守護者吧！快快跟我來！」

我們**跟隨**着她，走上一條雲彩大道，色彩斑斕的人們站在大道兩旁向我們鼓掌歡呼。就這樣，我們走遍整個城市，最後停在一座十分古樸簡約的建築物前。

我迷惑地問：「請問阿祖的皇宮在哪裏呢？」

「就在這裏，在你面前！」少女指指這座建築物上的那道藍色 小 門 。我注意到上面用夢想語刻着三行字。你們能認出上面寫着什麼嗎？*

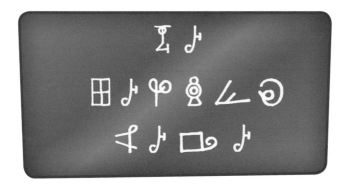

*請參見第324頁的夢想語詞典。

我驚訝地讀出上面的文字：「這裏屬於大家。」

這是一個多麼溫馨的地方啊！

我正為上面的文字而感動，七位**彩虹七色**的魁梧勇士走出大門，他們的首領高聲宣布：

「是阿祖派我們來的，我們特地前來將火燄寶石運往變化大廳。」

衛士們似乎不費吹灰之力，就將火燄寶石扛在肩上，運進阿祖皇宮旁一所寬廣莊嚴的建築物中。

我們鑽進那道窄窄的小門，沿着一條整潔的 **通道** 向前行，我發現通道前方擠滿了老老少少的阿祖利亞的居民，他們都恭敬地站立着，彷彿在期待着什麼。

我們的嚮導解釋着説：「每一天，阿祖都會接待他的子民，他會 **耐心** 地傾聽他們的困難，為大家提出建議和幫助，而他的皇宮的大門，永遠為有需要的人 **打開**。」

於是，我們也加入了民眾的隊伍，等待着阿祖召喚我們。令我 **不解** 的是藍龍竟然在這個時候轉頭就走，低聲説：「一會兒再見，朋友！」

海藍寶石的守護者

我們靜靜地等待了好幾個小時，直到夜幕來臨，我們終於等到阿祖的召見，可一向準時的藍龍還沒有回來。

很奇怪喇……

我們的面前放着一張**未經雕琢**的木椅，但那張椅子的扶手十分舒適光滑，似乎已經被時光打磨了多年。

在椅子上坐着一位臉容慈祥的聖者，從他的表情來看，我難以分辨出他的年齡，他的眼睛如藍寶石般蔚藍，他的目光**深沉**而**平和**，似乎他的目光，能抵達他人無法到達的心靈深處……

我被他高貴的氣質所折服，恭敬地鞠躬，用眼神表達對他的**敬意**。阿祖向我走來，並向我伸出手，他筆直地注視着我的雙眼，低聲説：「你就是灰袍

翁，但你一定也有很多其他的名字，儘管現在我還看不出，但我知道……」

我點點頭。

指南鶯在我耳邊低語：「你可要記住一直要講**真話**哦，因為他能夠讀懂你內心真正的想法！」

阿祖又開口了：「哦，我看到你的腦中湧現出許多想法。事實上，你為沒有能完全實現水晶預言而**難過**，但你不要太擔心了……你的想法很美好，儘管有時（呃……我是說經常）你會闖些禍，但你是一隻心地善良的老鼠仔。」

指南鶯輕輕啄啄我的耳朵，說：「快說些可以顯示你**智慧**的話嘛！」

豎琴歌路拉也在旁邊催促着說：「快呀，灰袍翁，可不要破壞我們的良好形象啊！」

我清了清嗓子，結結巴巴地吐出幾個字，說：「我……我……我很高興來到這裏，非常**高興**。」

阿祖點點頭，似乎一點都不驚訝：「我知道！你還希望在這裏多留一會……你說得對，這裏充滿了

和平和**友愛**，我也從不希望離開這裏。」

他點一點頭，似乎讀懂了我的全部想法，隨後他微閉雙眼，莊嚴地說：「時候已經到了，我們現在就前去變化大廳吧！」

他命令七位**彩虹七色**的魁梧勇士陪同我們前去，我們則跟在阿祖身後，穿過長長的走廊，來到一個空曠的大廳。

就在大廳的正中央，豎立着兩顆巨大的寶石：我們熟悉的**火燄寶石**，還有阿祖一直守護着的**海藍寶石**。

我驚奇地發現：兩塊寶石的大小一模一樣，形狀也一模一樣。

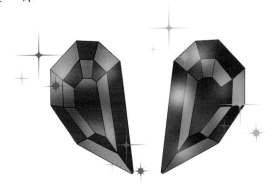

這就是海藍寶？

我感慨地看着這顆海藍寶石，曾經有多少個日與夜，朋友和我一直夢想得到它，可我內心又一次泛起了疑惑：究竟怎樣才能實現水晶預言呢？畢竟到現在為止我們仍無法找到那失散的**夫妻**和**母子**……

就在這個時候，一個身影擾亂了我的思緒，那是個**光芒四射**的身影，從大廳另一側向我們緩緩而來……

原來那是一位高大威武的騎士，他披着閃閃發光的鎧甲，佩戴着一把**鋒利**的寶劍。我覺得那把寶劍似乎在哪裏見過，可還沒等我回想起來，阿祖利亞的子民們居然紛紛跪在地上，喃喃地說：

「簡直不敢相信……是他！」

「沒錯，是他，真的是他！」

「他回來了！」

「他就是**銀色騎士**，阿祖的兒子！」

我疑惑地望着周圍的臣民。這時，一把響亮而清澈的聲音在大廳處響起：「大家一直等待着的他，終於從世界另一端回來了，他就是：銀色騎士！千篇童

話的英雄，思想純潔的王子，弱小的保護者，正義的捍衛者……」

那位英俊的武士緩緩走來……直到他走到我的身邊，我才意識到他身上的鎧甲是純銀鑄造的，難怪會**散發**出奪目的光芒。

我結結巴巴地自我介紹着說：「我……我叫灰袍翁，很高興……」

一陣爽朗的**笑聲**從頭盔裏傳來，那笑聲聽上去如此熟悉，可我甚至來不及多想，那騎士已經彎腰向我行禮。

你可知道我是誰？

唉……

「我很清楚**你**是誰，」他對我說，「你可知道**我**是誰？」

我扭頭望向梅麗莎，希望從她那兒得到些線索，可她也搖了搖頭，又露出**神秘**的微笑。

我張大着嘴巴，活像個傻瓜，並疑惑地搖着腦袋，說：「唔⋯⋯我？你？我⋯⋯我可不認識你，你不是銀色騎士和這裏的王子嗎⋯⋯」

那位騎士爆發出快樂的大笑，一把摘下了頭盔。

直至這時，我才認出他來：那**微笑**的臉龐、閃閃發亮的雙眼和堅毅的表情，那不正是**藍龍**嗎？！

我驚訝地跌坐在地上，大聲嚷着：「什麼什麼什麼？你居然是阿祖的兒子？」

大家哄笑成一團。

「好啦，老鼠仔，你為什麼還蹲在地上？我們不是**朋友**嗎？」藍龍伸手拉我起來。

藍龍結結實實地給我一個大擁抱，隨後向梅麗莎伸出雙手，我們一同向阿祖的寶座走去。

等待黎明

　　藍龍開口說：「父皇，這位就是梅麗莎，她是我**心愛**的人，而我身邊的這位老鼠仔，則是我忠實的**朋友**！」

　　阿祖低下頭遲疑片刻，深沉地說：「我知道，我都知道，因為我能夠讀心。也許時間過得太久，你已經**忘了**這一點！」

　　阿祖對我們說：「我孩子的朋友，也就是我的朋友！你們兩個請到我身邊來。」

　　就在這個時候，豎琴歌路拉裝模作樣地咳了一聲，試圖吸引大家的**注意力**。鵝毛筆趕忙擺擺手，而指南鶯則嘗試用翅膀掩住他的嘴，但是一旦歌路拉扯開嗓子，世界上沒有誰能夠阻止他。很快，他的嚷嚷聲就響徹整個大廳：

「尊敬的阿祖祖祖祖！還有我們們們幾個啊！♪

　　大廳裏爆發出一陣哄堂大笑，我的臉尷尬得都**通紅**了，就連阿祖也不禁笑起來，他說：「我知道，我知道，你們幾位也幫助過藍龍：歌路拉，你給他帶來了快樂；指南鶯，是他的嚮導；鵝毛筆尼迪亞，你將他的故事撰寫成傳奇，你們也教會了他……學會忍耐的性格！你們也過來坐在我的身邊吧！」

　　他揮揮手，宮殿裏的天文學家西德里斯開始敲擊銅鑼，在大廳裏發出迴響：

噹噹噹噹！

西德里斯高聲宣布：「黎明即將到來！而晨光正在冉冉升起……」

我轉向阿祖，懷着歉意喃喃地說：「陛下，請你原諒我，我們未能完成使命……因為我們沒有時間去完成預言中的兩個要求：找到失散的夫妻和分離的母子！」

阿祖的眼睛依然閃爍着神秘的光芒，說：「你要對自己有信心！也許事情並沒有想像的那麼差……」

他轉向西德里斯說：「接着說吧！」

西德里斯向我們投來憂鬱的一瞥，清了清嗓子：「如果……我是說如果，英雄們完成了他們的使命，那麼晨光第一縷光芒就會穿過這面透鏡，折射出兩道光線。這光線將射穿火燄寶石和海藍寶石，而這兩塊寶石將會合二為一，和平亦會隨之降臨在整片國土！可現在一切都完了……現在離黎明只剩下兩個小時，可我們怎麼可能在這麼短的時間內去找到那對失散的夫妻和長久分離的母子呢？」

聽到這番話，大家都沉默地站着，十分沮喪。

只有阿祖表情平靜地説：「大家要對自己有信心！也許事情並沒有想像的那麼差……」

就在這一片蕭穆的氣氛中，突然冒出了豎琴歌路拉不合時宜的歌聲：

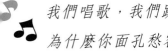

我們唱歌，我們跳舞，我們送走了悲傷的樂章！
為什麼你面孔愁容密布？難道不應該擁抱夢想？
要是我能夠帶來快樂，怎樣的報酬都絕不嫌多！

我的臉氣得發紫，向他大喊道：「噓噓噓，別在這裏給我丟臉了！現在可不是唱歌跳舞的時候！」

歌路拉高聲地駁斥我説：「我可是一直都在為你打氣啊！可有時也需要點歡樂氣氛！」

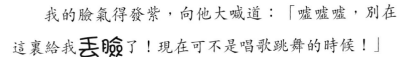

大家都睜着大大的眼睛看着我，我的臉都羞紅了：「呃，不好意思，我……」

阿祖卻開懷大笑起來：「歌路拉，你確實給我們帶來了歡樂，現在請你為我創作一首歌吧！」

歌路拉臨場發揮起來：

> 這裏的天空似海碧藍，
> 這裏的微風如夢如幻，
> 跨過純淨的珍珠拱門，
> 發現世外的仙境之城，
> 潔白的雲朵四處飄盪，
> 萬般美好都在此醞釀……

伴着悠揚的歌聲，我和朋友都**唱起歌，跳起舞**，充滿希望地迎接着黎明的到來……只有西德里斯站在一旁，注視着計時的**沙漏**，時不時提醒大家：「現在是四時，還有一個小時，晨光即將升起！」

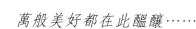

就在這時，恰恰就在這時，我感覺似乎有誰在暗中**不懷好意**地注視着我，而且那目光似乎來自我的布袋……

我打開布袋仔細地檢查，可只在裏面發現了一根灰色的**鬈髮**，它緊緊地纏着布袋，我費了很大的力氣也沒法把它解開。

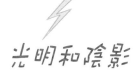

光明和陰影

　　這時，西德里斯高聲地宣布：「現在已經是四時十五分，請大家準備好，**晨光**馬上就要升起了……」

　　我趕忙將布袋放在角落裏，與朋友們在大廳內集合，可我那奇怪的預感越來越強烈：有什麼邪惡的東西，從我放置布袋的角落中**盯**着我。我趕忙轉身，看到一道陰影從布袋處。

好奇怪瞬！

　　我來不及多想，就走進朋友的行列中，大家都抬起頭望着巨大的水晶透鏡，期待第一縷晨光**照在**鏡子上。

　　我仍不放心地回頭望去，在牆角裏，有一個**陰影**越來越明顯……

　　西德里斯高聲地向大家宣布：「四時半了，是時候了！」

　　一把得意的聲音接着宣布：「我準備好啦！」

　　接着，一縷黑色煙雲從我的布袋中躥出，在地板上瀰漫開來，直到那**黑雲**慢慢匯集成一個人形，並逐漸飄到守護海藍寶石的阿祖面前。

　　那人形**越變越大，越變越大**……直到她變得和阿祖一樣高，可阿祖卻鎮定地注視着眼前發生的一切，似乎他早已預料到這一切。

　　那道**黑色**煙雲逐漸演化出更加清晰的形狀，雲

身來，朝着阿祖揮舞着魔法棒，頓時一道紅光向他劈來。

大家驚叫起來：「小心小心小心！」

可阿祖沒有轉身，只是敏捷地向一側避開，那道紅光沒有擊中他，而是射中了不遠處的寶座，頓時一縷**青煙**從寶座上升起。

藍龍大聲地驚呼：「女巫，這場決鬥可不算數，你作弊了！」

維米拉露出**邪惡**的微笑，說：「女巫的把戲就是要把你欺騙，讓你嘗嘗被擊敗的滋味！」

　　阿祖的回答擲地有聲：「能夠欺騙海藍寶石守護者的人，還沒有出世呢！」

　　維米拉瘋狂地在空中舞動着**魔法棒**，嘴裏唸唸有詞：「現在嘗嘗我的火球，瞬間就能把你烤熟！」

　　隨着她的手臂一揮，多個巨大的**圓形火球**頓時撲向阿祖，可阿祖將手杖豎在胸前，手杖中頓時幻化出光之**盾牌**。他喃喃地唸道：

　　「我命令你光之盾牌，無論火球從哪兒來，都要全部彈回去！」

我命令你光之盾牌，無論火球從哪兒來，都要全部彈回去！

297

　　女巫咬牙切齒地威脅道：「你會付出代價！」隨後她嚷着：「北方的風啊我的盟友，請你將這裏全部冰封！」

　　她搖搖魔法棒，大廳裏全部的窗戶都瞬間自動打開，一股攜着冰雪的**暴風**從北方吹來，猶如龍捲風般瞬間將阿祖包裹在其中，可阿祖仍然**站在原地**，張開雙臂唸着：「我命令你光之盾牌，無論冰雪從哪兒來，都要全部彈回去！」

　　女巫眼見無法擊敗阿祖，變得十分**惱火**。她舉起魔法棒，在空中揮舞出**螺旋**的形狀，高聲地又唸着咒語：「黑暗、恐懼和仇恨，從恐懼國度趕到這裏吧！」

　　只見由魔法棒變成的小旋風裏，「噼哩啪啦」地飛出有毒的蠍子、嘶嘶叫的蟒蛇、血紅眼睛的蝙蝠和長着毛茸茸長腳的蜘蛛！

哆哆哆，我的魂魄都要被嚇飛啦

　　阿祖也在空中舞出一個小旋風，將女巫變出的可怕生物全部捲進其中，他的聲音平靜而堅決：

　　「你無法嚇倒我！因為愛的力量會戰勝恐懼！」

我失散多年的愛人！

可惜，最後的魔法大大消耗了阿祖的力量，他的臉容變得越來越蒼白。狡猾的女巫發現了這一點，聚集起全部力量展開猛攻。

梅麗莎焦急地説：「現在只有一樣東西可以救阿祖，就是化解女巫邪惡的力量，這要凝聚善良的藍寶石水！可在整個夢想國裏，只有玫瑰林女王才擁有它！」

「哦，不！」我大叫一聲，「這麼説，一切都完了！玫瑰林女王曾經送了一瓶給我，但我已經把它全灑光了！」

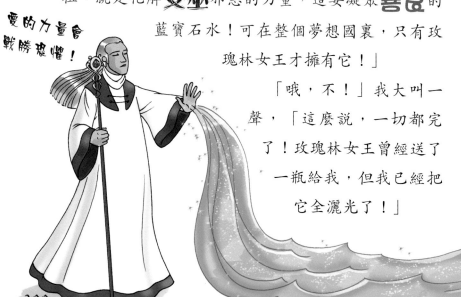

愛的力量會戰勝恐懼！

300

我失散多年的愛人！

我從口袋裏摸出空瓶子，細細端詳着，這時我才發現，在瓶底還剩下最後一小滴藍寶石水！

我懷着忐忑的心情，將瓶子拋給阿祖，焦急地喊道：「拜託你堅持住啊！」

阿祖在空中接過瓶子，將最後一小滴藍寶石水滴到掌心，隨後唸唸有詞。只見他掌心的小水滴變成了兩滴、三滴、四滴……他不斷重複着同樣的話：「愛從心中流淌，愛的力量滴水成河……」

只見所有的水滴匯聚在一起，形成了溪流，甚至是瀑布，向女巫洶湧而來。

不不不不不不！

301

女巫驚恐地向後退去，但藍寶石水將她捲入其中，她的身體開始發生**變化**。

她的雙腳變得纖細精巧，穿着一雙藍色絲綢的鞋子，而她全身的衣裳也變成了海藍色……女巫的身形變高了，面孔變得祥和了，她發出最後一聲歎息，掙扎道：

「不不不，我不要變好！」

可是已經太遲了，她的面孔也發生了變化，她的頭髮從一頭灰白的亂髮變得烏黑而有光澤，上面還綴滿了純淨的珍珠。

女巫**垂下**腦袋，當她再抬起頭時，已經變成了我完全不認識的人。

大家都**目瞪口呆**地望着她。

接下來發生的這一幕讓我看呆了：阿祖微笑着向她跑去，輕吻她的手，温柔地說：

「歡迎你回家，我失散多年的愛人！」

　　她注視着阿祖的雙眼，遲疑地問：「我好像曾在哪裏見過你，可……你究竟是誰？」

　　阿祖激動地跪下來，說：「我是阿祖啊，你失散多年的丈夫，現在你想起來了嗎？」

　　她遲疑了片刻，好像回憶着什麼，說：「現在我想起來了……我們過去的生活是多**幸福**啊！」

　　她向四周張望着：「這是我曾經生活過的地方啊！」

　　她看着寶座旁邊那張空蕩蕩的座椅，「這是我曾經坐過的椅子！」她驚訝地說：「我想起了自己的名字……梅維爾！」

媽媽！

我的兒子！

　　阿祖依然期待地看着她，彷彿在耐心地等待着什麼，我好奇地尋思着還有什麼事情將會發生。

　　她的目光掠過大廳內的所有人，當藍龍進入她的眼簾時，便激動地呼喊道：「我的兒子！」

藍龍驚訝地看着她，再望向阿祖，期待着父皇的解釋。

阿祖的嗓音激動得有些發顫，他向我們講述了這一切：「*很久、很久以前，我孤單一人治理着阿祖利亞，覺得很*孤寂，直到我在夢中一直看到居住在世界的另一角——快樂堡中善良可愛的仙女。我愛上了她，儘管只能在夢中與她相會，於是我寫信給她，詢問她是否願意嫁給我……」

梅維爾的雙眼閃閃發亮，她動情地說：「現在我想起來了！我接受了你的求婚，因為你也是我在夢中愛上的人，於是我立刻動身前往阿祖利亞，並將我一直守護的火燄寶石帶在身邊。從那時起，兩顆寶石就一直安放在這個大廳裏，那時這裏的一切都是那麼和諧。」

豎琴歌路拉忍不住插嘴道：「然後呢，發生了什麼事？」

站在一旁正在做筆記的鵝毛筆尼迪亞氣呼呼地呵斥他：「安靜些，別打擾我！」

我略帶責備地望着他們，然後他們總算安靜下來，繼續聆聽着這個傷感的故事。

阿祖接着回憶說：「十個月以後，一個小孩子出生了，那就是你——我的兒子！」

梅維爾的聲音變得悲傷起來：「一個**可怕的日子**，女巫斯蒂亞的同盟國——眼鏡蛇國王試圖綁架你，以威脅我們交出兩塊寶石！他偷偷躲在你的搖籃下面，想趁機帶走你，帶回他的王國……」

梅維爾緊緊握住藍龍的手，顫抖地說：「當我發現了這條**毒蛇**，便趕忙抓住他，試圖將他甩得遠遠的，可他趁機咬住我，並將他邪惡的**毒液**全部輸入了我的身體，從那時起，我就變成了你們所看到的——人見人恨的女巫。

「我的思想被邪惡操控，其他一切都拋在了腦後。我帶走了火燄寶石，回到了我少女時居住的歡樂堡，可城堡也隨我一同被施予魔法，變成了

夢想國中**陰森**的巢穴——恐懼堡！」

　　這時，西德里斯莊嚴地宣布：「現在是凌晨五時，晨光即將升起……」

　　我們所有人都仰起頭來，注視着大廳**窗外**的晨曦。只見在天幕中劃過一道光芒，那道光芒穿透了大廳中巨大的透鏡，折射出兩道光線，**分別**射入火燄寶石和海藍寶石。

　　兩塊寶石開始**震動**起來，並釋放出強烈的光芒，照得我們都頭暈目眩。

　　等到我們再次睜開雙眼，不可思議的一幕便發生了：兩塊寶石居然融為一體，變成了一塊無比**純淨、通透**的寶石！

　　陽光投射在這枚寶石上，分出彩虹的七色光環。

　　所有人都驚喜地歡呼起來：「**喔哦哦哦哦！**」

　　阿祖、梅維爾和藍龍手拉着手，齊聲向大家宣布：「現在古老的水晶預言實現了：曾經被分開的，終於重新**合為一體！**」

古老的水晶預言
實現了！

我想回家！

　　梅麗莎向我走過來，*甜甜*地笑說：「謝謝你，灰袍翁！多得了你，我才找回自己的**愛人**。」

　　梅維爾也補充道：「我終於能夠和失散多年的丈夫、孩子團聚了。我也要感謝你，*灰袍翁……*」

灰袍翁

阿祖搖搖頭，露出神秘的微笑，說：「沒錯，灰袍翁……哦，不對……」

　　隨後他舉起一隻手臂在空中揮了一揮，我原本披著的樸素的灰袍，突然變成了銀光閃閃的**鎧甲**，那不正是我多次在夢想國漫遊時的打扮嗎？

　　阿祖微笑着說：「這才是灰袍翁的真面目吧：正直無畏的騎士，是你多次拯救了夢想國……」

正直無畏的騎士

　　藍龍毫不掩飾他的驚訝，說：「可是⋯⋯你居然也是一名**騎士**？老鼠仔⋯⋯我是說灰袍翁！」

　　我鞠了一躬，說：「事實上，我的名字叫史提頓，*謝利連摩・史提頓*，我來自妙鼠城⋯⋯」

　　阿祖鄭重地宣布：「從這一刻起，我將賜予你一個新的封號。現在，由我——海藍寶石的守護者，賜予你成為『**水晶騎士**』！」

謝謝你賜予我這項榮譽！

水晶騎士

一件飄逸的藍色長袍從天而降，披在我的身上⋯⋯

我深深地向阿祖鞠了一躬，說：「謝謝你賜予我這項榮譽！我一定會不負所託！」

在場的人都爭相議論着說：「多麼神秘的傢伙啊！他擁有很多名字，很多不同的身分。」

阿祖看着大家，莊嚴地說：「沒錯，他的名字和身分千變萬化，可他的心靈從未改變，他永遠懷抱着夢想⋯⋯而我們作為夢想國的居民，如果失去夢想的話，會變成什麼呢？擁有夢想，才能觀察到別人看不到的地方，在一片黑暗中看到光明，在邪惡肆虐中看到善良，在浩瀚悲傷中感受到歡樂⋯⋯」

大廳裏鴉雀無聲，人們安靜地思索着這些話的真義。

阿祖重新開口了：「我們都實現了自己最大的願望：藍龍和梅麗莎找到了彼此的真愛，我尋回了

313

失散多年的妻子，夢想國重歸**和諧**。現在輪到你了，水晶騎士，你希望實現什麼願望？」

我感恩地望着四周，如果能永遠生活在這裏該多好，在這*仙境*般的世界裏，永遠都不會有煩惱！

阿祖似乎明白了我的想法，微笑着在我耳邊說：「你可以一直留在這裏，謝利連摩……可我想你一定很**想回家！**」

他的話觸動到我內心深處，離家這麼多天以來，我第一次感到了深深的*思念*。

「沒錯，我……我在這裏很開心……成為水晶騎士的感覺真的好極了，但……但是我……我真的很想回家！」

大家緊緊地擁抱着我，一一和我道別：「我們會想念你的，**水晶騎士**，可我們明白：你的親朋好友也在等待着你……走吧，現在是告別的時候了！」

阿祖把一隻藍色的**水晶杯**遞給我，說道：「這是盛滿愛的杯子，只要你充滿愛意地想到某一位朋友，你就會實現看見他們的願望！」

　　我一口喝下水晶杯內的液體後，耳邊彷彿聽到被**催眠**的話語，聲音越來越模糊：「我將會一直和你在一起，永遠保護你。謝利連摩，因為你守護了海藍寶石，並拯救了夢想國。現在跟我重複說這句話：

我當然還活着！

突然，一個**旋渦**將我捲進其中，但我並不害怕，因為水流只是緩緩地推着我。我知道，自己前進的方向，就是家的方向……

我聽到一把熟悉的聲音在耳邊呼喊：「看啊，他還**活着**，他睜開眼睛了！」

我撐開眼皮，看到一張熟悉的面孔在我眼前搖晃，原來是我的小姪子**班哲文**！

他緊緊地抱住我，大聲嚷着：

「啫喱叔叔，你還活着！」

我剛要張開嘴巴，回答他「我當然還活着啦！」，突然發現嘴巴裏灌滿了液體，混着又鹹又濕的**海藻**與**沙粒**。我「哇」地一口將它們噴出來，劇烈地咳嗽着，勉勉強強地說：「這……這裏是什麼地方？」

這時，我才發現自己置身在一片**沙灘**上，腳下是白色的細沙，頭上是茂密的椰子林。

大海的**波濤**輕輕地沖向沙灘，伴着規則而舒暢的海浪聲。

我坐了起來，發現菲、賴皮和班哲文都站在我的身邊，我嘟囔着：「**愛的力量**……**水晶**……**阿祖**……」

菲一把抱住我說：「歡迎你回來，啫喱！」

「你跌進水裏後，我還以為會永遠失去你……我們到處去找你。」

班哲文激動地插嘴道：「可是海浪居然把你沖了上岸！你居然能在暴風雨中……我是説，十級的**暴風雨**中生還，這簡直是個奇跡！」

賴皮也肉麻地握着我的**手爪**説：「啫喱，我可捨不得你那傻乎乎的小臉……」

就在這時，菲的手機**響**了，她接過電話，説：

「沒錯，爺爺，是我！我這就把電話遞給他。」

爺爺興奮的聲音從話筒那邊傳過來：「乖孫！我太**高興**了！」

隨後話筒中傳來麗萍姑媽的聲音，「啫喱，我的姪子，能再聽到你的聲音實在**太好**了！快回來吧！」

手機嗡嗡地震個不停，原來都是我的朋友們、和《**鼠民公報**》的同事們發來的問候。

大家告訴我：編輯部足足從妙鼠島收到了一百萬封**電郵**！

我驚訝地嘟嚷着：「我從沒想過，居然有這麼多朋友，在默默關心着我……」

班哲文捉住我的手說：「大家都很關心你，啫喱叔叔！」

我將他緊緊**摟**在懷裏。

朋友們扶起了我，重新回到「奶油號」的甲板上，菲握着**舵**，我們要回航啦！

能夠重新和**大家**團聚，我的心裏暖暖的，而剛剛在夢想國那段奇妙的經歷，讓我學會了很多。

我依稀感到阿祖那蔚藍的眼神仍然注視着我，耳邊清楚地聽到他道別的聲音：「我將會一直和你在一起，永遠保護你。謝利連摩，因為你拯救了**夢想國**……」

　　你們想知道：這個故事最後的結局嗎？

　　我回到了妙鼠城的家中後，第一件事就是提起筆，將這次旅程的每個片段記錄下來……

　　我不停地**寫呀**……**寫呀**……**寫呀**……

　　我希望你會喜歡這本書，因為你們閱讀的故事，就是我親身經歷的旅程！

　　我懷着愛意書寫了每一字，也希望這份愛能夠直達你們的心靈！

　　在夢想國中的另一個我，還沒有意識到自己的蘇醒……不過那可是另一個故事了，另一個精彩的故事，以我史提頓的名義發誓，**謝利連摩・史提頓！**

夢想語詞典

這是一本很特別的書……你會聞到從花精靈綻放的花香味和食肉魔發出的污垢味（第260-261頁的拉頁中），一起幫助謝利連摩·史提頓，在這場臭味和香味的大戰中打敗維米拉吧！

奇鼠歷險記6

深海水晶騎士

SESTO VIAGGIO NEL REGNO DELLA FANTASIA

作者：Geronimo Stilton　謝利連摩·史提頓
譯者：林曉容
責任編輯：朱維達
中文版封面設計：李成宇
中文版內文設計：羅益珠　劉蔚
封面繪圖：Danilo Barozzi, Christian Aliprandi
插圖繪畫：Danilo Barozzi, Silvia Bigolin, Carla De Bernardi, Christian Aliprandi & Archivio Piemme
內文設計：Yuko Egusa, Marta Lorini
出　　版：新雅文化事業有限公司
　　　　　香港英皇道499號北角工業大廈18樓
　　　　　電話：(852) 2138 7998
　　　　　傳真：(852) 2597 4003
　　　　　網址：http://www.sunya.com.hk
　　　　　電郵：marketing@sunya.com.hk
發　　行：香港聯合書刊物流有限公司
　　　　　香港新界大埔汀麗路36號中華商務印刷大廈3字樓
　　　　　電話：(852) 2150 2100　傳真：(852) 2407 3062
　　　　　電郵：info@suplogistics.com.hk
印　　刷：C & C Offset Printing Co., Ltd.
　　　　　香港新界大埔汀麗路36號
版　　次：二〇一四年十一月初版
　　　　　二〇一七年十月第三次印刷
版權所有·不准翻印
中文版版權由Edizioni Piemme授予，僅限香港及澳門地區銷售
http://www.geronimostilton.com
Based on an original idea by Elisabetta Dami.

奇鼠歷險記

① 漫遊夢想國

② 追尋幸福之旅

③ 尋找失蹤的皇后

④ 龍族的騎士

⑤ 仙女歌雅不見了

⑥ 深海水晶騎士

⑦ 追尋夢想國珍寶

⑧ 女巫的時間魔咒

⑨ 巫師的魔法杖

勇士回歸（大長篇 1）

失落的魔戒（大長篇 2）